La soirée pyjama

PAR

ROWAN McAULEY

Traduction de VALÉRIE MÉNARD

Révision de GINETTE BONNEAU

Illustrations de ASH OSWALD

Infographie de DANIELLE DUGAL

Chapitre
un

C'est vendredi matin,

le dernier jour d'école

de l'année. Il est six heures.

Le réveil n'a pas encore

sonné, mais Olivia est déjà

debout et habillée. Elle est

assise à la table et mange

sa rôtie en attendant

que sa mère se réveille.

Elle boit un verre de lait

et mange une pomme.

Sa mère dort toujours.

Elle se brosse les dents,

puis prépare un sandwich

pour son lunch. Sa mère

ne s'est même pas retournée.

Olivia regarde l'heure

sur le four à micro-ondes.

Six heures trente.

Sa mère devrait être debout
à cette heure. Elle marche
le long du corridor sur
la pointe des pieds, puis jette
un coup d'œil à l'intérieur
de la chambre. Sa mère dort
profondément. On peut
même entendre un léger
ronflement. Olivia frappe
doucement à sa porte.
Sa mère ne bouge pas.

Olivia se racle la gorge.

— Euh-hum !

Sa mère se retourne et se met à ronfler plus fort. Olivia commence à se décourager.

— Maman, chuchote-t-elle.

— Maman, répète-t-elle doucement.

— Maman, dit-elle plus fort.

Cela ne sert à rien.

— MAMAN ! crie-t-elle en tapant du pied.

— Hein? dit sa mère

en s'assoyant dans son lit,

les cheveux dans les airs.

Qu'est-ce qu'il y a, chérie?

— Maman, dit Olivia.

Lève-toi. Je vais dormir

chez Rosalie ce soir.

— Pour vrai? réplique

sa mère. Tu en es certaine?

Est-ce que nous en avons

discuté?

— Maman, dit fermement

Olivia qui doit parfois être

catégorique avec sa mère.

Tu es au courant.

Nous en avons discuté lundi.

Tu ne te souviens pas?

Tu as parlé au téléphone

avec madame Lajoie.

— Je sais, ma belle,

dit sa mère en bâillant.

Je te taquinais.

— Bon, dit Olivia. Est-ce que tu te lèves, maintenant ?

— Mmmm, marmonne sa mère à demi endormie. Quelle heure est-il ?

— Six heures trente, répond Olivia. Peut-être plus. Nous parlons depuis cinq minutes.

— Six heures trente ?

— Peut-être six heures trente-cinq, précise Olivia.

— Est-ce que le soleil

est levé? demande sa mère.

— Maman !

— OK, OK, dit sa mère.

Je me lève. Même si on est

encore au beau milieu

de la nuit, marmonne-t-elle.

— Debout ! insiste Olivia.

Tiens, ta robe de chambre.

Pendant que sa mère prend

une douche, Olivia vérifie

le contenu de son sac.

En plus de sa boîte à lunch,

elle y a mis son pyjama,

son maillot de bain,

des vêtements de rechange

pour le lendemain, sa brosse

à cheveux et une petite boîte

de chocolats qu'elle va offrir

à la mère de Rosalie.

Est-ce qu'elle a tout?

  Il est presque sept heures

et Olivia fait les cent pas

pendant que sa mère finit

de se sécher les cheveux.

Elle est enfin prête.

— OK, dit-elle à Olivia.

Es-tu certaine que tu as tout

ce qu'il te faut?

Dépêche-toi, maman. Je vais être en retard!

— Oui, répond Olivia.

— Ton pyjama?

— Oui, affirme Olivia.

— Les chocolats

pour madame Lajoie ?

— Oui, assure Olivia.

— Des sous-vêtements

propres pour demain ?

— Maman !

— Bon, est-ce que tu as... ?

— OUI ! coupe Olivia.

Allez, viens !

— D'accord ! dit sa mère.

Je voulais juste m'assurer
que tu avais tout.
Je vais chercher mes clés...

Olivia est déjà à l'extérieur
et attend à la porte, son sac
sur le dos. Sa mère verrouille
la porte et descend le sentier
(trop lentement !),
puis elles se rendent
à l'arrêt d'autobus ensemble.

— Je vais m'ennuyer de toi
ce soir, lui dit sa mère.

— Ouais, ouais,

répond Olivia en regardant

si l'autobus arrive.

— C'est vrai. Je ne te verrai

pas de la journée, je n'aurai

pas de compagnie pour

le souper et tu seras

chez Rosalie jusqu'à

demain...

— Je sais, réplique Olivia.

— À quelle heure veux-tu

que je passe te prendre ?

— Vers l'heure du dîner,

précise Olivia. Rosalie et moi,

nous voulons déjeuner

tranquillement et ensuite

passer un peu de temps

ensemble.

— Très bien, ce sera

vers l'heure du dîner,

acquiesce sa mère

en la serrant dans ses bras

avant de lui donner

un gros baiser sonore.

L'autobus tourne le coin

au même moment.

— Bye maman ! crie Olivia

derrière son épaule

en courant vers l'autobus.

Elle est partie... enfin.

Chapitre deux

Pendant le trajet,

Olivia essaie de se relaxer.

Elle regarde par la fenêtre

et constate qu'il y a peu

de voitures sur la route.

Autour d'elle, les sièges sont

presque tous inoccupés.

Elle n'est pas en retard.

En fait, elle est en avance.

C'est étrange de s'asseoir

dans le même autobus

que d'habitude, de porter

le même uniforme

et de transporter le même

sac à dos en sachant

que cette fois, à l'intérieur

de celui-ci, il y a son pyjama

rose et vert. Qu'arriverait-il

si, en sortant de son sac
le cahier que madame
Samson lui demandait,
elle en faisait tomber
ses sous-vêtements bleus ?

Elle mourrait de honte !

Et si quelqu'un trouvait
la boîte de chocolats
pour la mère de Rosalie
et qu'il les mangeait tous ?
Elle n'aurait plus rien à lui
offrir. Ou qu'arriverait-il si...

Olivia n'est pas très douée pour la relaxation.

Lorsque l'autobus arrive à l'école, elle s'est déjà imaginé une centaine de scénarios différents, tous aussi désastreux les uns des autres. Elle est épuisée, et il n'est même pas encore huit heures.

Olivia descend

de l'autobus. Elle commence

à se sentir mal.

Ce n'est peut-être pas

une bonne idée d'aller dormir

chez Rosalie, même

si elle est sa meilleure amie.

Et si elle se chicanait

aujourd'hui avec Rosalie et

qu'elles n'étaient plus amies

lorsque madame Lajoie allait

venir les prendre après

l'école? Elle devrait peut-être

dire à Rosalie qu'elle a

changé d'idée. Elle pourrait

donner les chocolats

à Rosalie, puis téléphoner

à sa mère pour lui dire

qu'elle allait rentrer

à la maison après l'école.

  Soudain, Olivia aperçoit

Rosalie qui lui envoie la main

et lui sourit de l'autre côté

de la cour de récréation.

La mère de Rosalie

est professeure et son père

est directeur, alors Rosalie

et ses frères arrivent toujours

tôt à l'école.

— Salut Olivia ! dit Rosalie
en courant vers elle.
Ça va être génial ce soir !

— Ouais, répond Olivia
qui va à la rencontre de son
amie. Ça va être trop cool !

Elle serre son amie dans
ses bras, lance son sac
sous un arbre, puis va jouer
avec d'autres enfants
avant que la cloche sonne.

Le dernier jour d'école
semble toujours interminable.
Tout le monde est impatient
de sortir et de débuter
les vacances. Mais les élèves
doivent tout d'abord vider
leurs cases, nettoyer la salle
de classe et ranger
les bricolages qu'ils ont
fabriqués pendant l'année.

Personne n'arrive
à se concentrer.

Félix ne cesse d'embêter

madame Samson

avec ses questions :

— Pourquoi, Madame ?

C'est le dernier jour d'école.

On devrait jouer !

À l'heure du dîner, madame

Samson abandonne.

— D'accord, lance-t-elle.

Vous avez gagné.

Nous en avons assez fait et,

de toute façon, il fait trop

chaud pour travailler.

Le reste de l'après-midi,

ils chantent et se racontent

ce qu'ils prévoient faire

pendant les vacances.

Allez,
sonne !

Quelques minutes avant
la fin des classes, tous
les élèves se mettent en ligne,
prêts à partir. Leurs sacs
sur le dos, ils se rassemblent
devant la porte en attendant
le son de la cloche.

— Ça y est ! s'écrie un élève.

Ils se mettent tous à courir
vers la liberté. Certains
se dirigent vers les autobus,
d'autres, comme Olivia

et Rosalie, attendent

qu'on passe les prendre.

Les parents de Rosalie

travaillent à l'école

secondaire que fréquentent

ses frères. Rosalie est adoptée

et ne ressemble en rien

à ses frères. Ils sont grands,

turbulents et ont tous

des cheveux blonds

qu'ils portent courts et

dans les airs. Ils s'appellent

Nicolas, Daniel et Guillaume.

Olivia les a déjà rencontrés

plusieurs fois, bien sûr.

La première fois, c'était

au zoo, lors de l'anniversaire

de Rosalie. Les garçons

plaisantaient et se

chamaillaient. Ils taquinaient

Rosalie, la prenaient sur

leur dos et la trimballaient

dans le zoo en criant :

— Lance-la aux phoques !

— Non, elle est trop petite

pour combler l'appétit

d'un phoque !

Daniel a lancé — et

vraiment lancé — Rosalie

à Nicolas. Surprise,

Olivia a regardé son amie

voler dans les airs comme

une poupée. Nicolas

l'a attrapée, puis a dit

à Guillaume :

— On devrait la donner
aux singes !

— Ouais ! a répondu
Guillaume. Elle ressemble
à un singe.

— Et elle sent comme
un singe, a ajouté Daniel.

— Allez ! s'est écrié Nicolas.

Les trois garçons
ont transporté Rosalie
en gambadant et

en grimaçant bruyamment
comme des singes.

Olivia était tellement
bouleversée qu'elle a dû
se retenir de pleurer.
Comment avaient-ils pu être
aussi méchants avec Rosalie ?
Et le jour de son anniversaire,
en plus !

Pourtant, Rosalie était
à nouveau grimpée
sur les épaules de Guillaume,

elle riait et envoyait la main
à tout le monde.

Ils ne sont pas méchants,
en fait. Mais comme Olivia
n'a pas de grands frères,
elle ne sait tout simplement
pas de quelle façon réagir
à leurs taquineries.

Oh, non !
Les frères.

Chapitre trois

— Les voilà ! s'exclame

Rosalie en pointant

une voiture qui avance

lentement dans leur direction.

Les frères de Rosalie sont

là, avec leur mère qui envoie

la main aux deux filles
par la vitre.

— Allez, viens ! dit Rosalie
avant de se mettre à courir
vers la voiture.

Madame Lajoie s'est garée
à bonne distance de l'école,
alors lorsque les filles
la rejoignent, elles sont
à bout de souffle.

C'est une chaude journée
d'été et, avec tout ce qu'elles

ont à rapporter à la maison,
leurs sacs sont très lourds.
Et comme si le sac d'Olivia
n'était pas suffisamment
rempli, elle doit de plus
y faire entrer ses vêtements
pour la soirée pyjama.

Nicolas est assis à l'avant,
à côté de madame Lajoie,
et Daniel et Guillaume
occupent la deuxième rangée
de sièges, avec leurs sacs

à dos. Madame Lajoie
sort de la voiture pour aider
Rosalie et Olivia à prendre
place derrière les garçons.

— Bonjour Olivia,
dit madame Lajoie après
avoir embrassé Rosalie.

— Bonjour madame Lajoie,
répond Olivia.

— Bien, ajoute madame
Lajoie. Est-ce que tu as tout ?

Derrière elle, Rosalie roule
les yeux. Olivia essaie
de ne pas rire.

— Je crois que oui,
dit Olivia.

— Ton pyjama ?
demande madame Lajoie.

— Oui.

— Ta brosse à dents ?

— Ou... balbutie Olivia
avant de mettre sa main
sur sa bouche.

Ses yeux deviennent aussi
ronds que des assiettes.
Elle se sent rougir jusqu'aux
oreilles. Elle se met
à paniquer. Elle a oublié
sa brosse à dents !

— Oh, non, dit-elle
tristement.

— Ce n'est pas grave,
réplique madame Lajoie.
Je dois arrêter au centre
commercial en passant,
de toute façon. Nous t'en
achèterons une.

— Je suis tellement désolée,
répond Olivia.

— Ça va, dit madame Lajoie.
Allez, montez dans la voiture !

Olivia est triste. Elle a gâché sa soirée avec Rosalie avant même d'avoir mis le pied chez elle. Comment a-t-elle pu être aussi distraite? Comment a-t-elle pu oublier sa brosse à dents? Elle a tout le reste. Elle a envie de pleurer.

— Ne t'en fais pas, lui dit Rosalie. J'oublie toujours ma brosse à dents.

C'est pour cette raison que

maman t'a posé la question.

Mais Olivia est

bien trop embarrassée

pour être réconfortée.

Et elle ne pouvait se douter

que les choses allaient

empirer.

Chapitre quatre

Lorsqu'ils arrivent
au centre commercial,
les enfants sortent
précipitamment de
la voiture. Madame Lajoie
envoie Nicolas et Guillaume

à l'épicerie pour acheter

des pommes de terre,

des fèves vertes et du brocoli.

Elle demande ensuite

à Daniel de s'occuper du lait

et du riz. Madame Lajoie

se rend à la pharmacie

avec les filles pour acheter

des comprimés et une brosse

à dents pour Olivia.

Rosalie aperçoit une brosse

à dents mauve avec

de petites étoiles.

— Achète celle-là, maman,

lui dit-elle. Elle est comme

la mienne. S'il te plaît...

Olivia et moi, on en aurait

deux pareilles !

Une fois la brosse à dents

achetée, elles vont rejoindre

les garçons devant

la boucherie. Lorsque

le boucher les voit tous

entrer, il prend un air surpris

et dit :

— Vous avez une grande

famille, chère dame !

Il se penche au-dessus

du comptoir et sourit à Olivia.

— Ton amie est venue jouer

avec toi ? Chanceuse !

dit le boucher.

Hiiiii, ça ne va pas bien.

Ça ne va vraiment pas bien.

Olivia regarde madame Lajoie. Elle a les cheveux blonds et les yeux bleu pâle. Elle se retourne vers Nicolas, Daniel et Guillaume.
Ils ont également les cheveux blonds et les yeux bleu pâle.

Elle regarde Rosalie qui, avec ses cheveux lisses et noirs et ses yeux bruns, ne semble pas faire partie de la famille aux yeux

des étrangers. Le boucher
croit qu'Olivia est la fille
de madame Lajoie
et que Rosalie n'est
qu'une amie.

C'est pire que d'oublier
sa brosse à dents.
C'est même pire que
de penser que Nicolas,
Daniel et Guillaume
pourraient voir
ses sous-vêtements.

Elle lance un coup d'œil
vers Rosalie pour voir si elle
est aussi mal à l'aise qu'elle,
mais Rosalie regarde sa mère
avec un grand sourire.

— Pardon ? réplique
madame Lajoie.

Elle serre Rosalie
contre elle.

— Celle-ci est la mienne,
dit-elle. Je ne sais pas d'où
viennent les autres.

Rosalie ricane dans les bras
de sa mère.

— Vraiment? demande
le boucher, surpris.

— Oui, c'est vrai, répond
Nicolas. Nous sommes
tous adoptés, sauf Rosalie.

— Oh! s'exclame
le boucher. Bien.
Alors, qu'est-ce que je peux
vous servir?

— Trois livres de saucisses, s'il vous plaît, dit madame Lajoie.

— C'était affreux, chuchote Olivia à Rosalie lorsqu'elles sont de retour dans la voiture.

— Oh, ça ne nous dérange pas, répond Rosalie en riant. Ça arrive tout le temps. Maman en a fait un jeu et les gars se font compétition

pour savoir lequel va dire
la pire bêtise tout en gardant
un air sérieux. Nicolas
l'emporte toujours, bien sûr.

Chapitre cinq

La maison de Rosalie est différente de celle d'Olivia. Olivia vit seule avec sa mère dans un petit appartement. Elles ont chacune leur chambre, un salon où elles ont l'habitude

de prendre leurs repas

sur la table face à la télé,

et un balcon où

elles étendent leur lessive et

font pousser des fines herbes

dans des pots. C'est très

chargé, mais bien ordonné.

  La maison de Rosalie

est beaucoup plus grande.

Il y a quatre chambres.

Une pour monsieur

et madame Lajoie, une pour
Nicolas, une que se partagent
Daniel et Guillaume
et une pour Rosalie.

Il y a aussi une grande
cuisine et un salon, ainsi
qu'un très grand terrain avec
des arbres et une piscine.

Il y a beaucoup d'espace,
mais tout est sens dessus
dessous. Il y a des livres
et des papiers éparpillés

dans chaque pièce,

des ballons de soccer,

des balles de tennis

et des espadrilles partout,

des tasses à café, des étuis

à crayons, des calculatrices,

des jouets et même

des miettes de pain.

Quel désordre !

Olivia adore ça. Quoiqu'elle

soit plutôt réservée, elle aime

bien le bruit et le chaos

qui règnent dans la maison
de Rosalie.

Chez elle, Olivia mange
un fruit et un yogourt
pour collation, puis elle fait
ses devoirs jusqu'à ce que
sa mère rentre du travail.
Elles cuisinent ensuite
le repas ensemble et
regardent la télévision.

Chez Rosalie, madame
Lajoie leur donne des biscuits

et des gâteaux, puis

les envoie ensuite à l'extérieur.

Les garçons jouent au soccer

tandis que Rosalie

et Olivia se baignent jusqu'à

ce que monsieur Lajoie

rentre du travail.

Puis ils s'assoient tous
à la table pour le souper.
  La mère d'Olivia
a l'habitude de préparer
des plats au goût épicé,
comme du chili ou du cari,
puis elle verse la nourriture
du chaudron à l'assiette.
Si Olivia ou sa mère veut
se resservir, elle doit
se rendre dans la cuisine
pour le faire.

Madame Lajoie cuisine
différemment. De plus,
elle dispose les plats
sur la table et chacun se sert.
Ce soir-là, des saucisses,
de la purée de pommes
de terre, des fèves et
du brocoli étaient au menu.

La purée de pommes
de terre est délicieuse,
et Olivia a l'habitude
de manger des fèves

et du brocoli. Par contre,
sa mère n'a jamais cuisiné
de saucisses. Olivia n'aime
vraiment pas ce goût,
et en plus, madame Lajoie
en a mis trois dans
son assiette. Elle doit
maintenant les manger.

Elle regarde autour d'elle.
Monsieur Lajoie et Nicolas
versent de la sauce barbecue
sur leurs saucisses. Madame

Lajoie assaisonne les siennes
avec du sel et du poivre.
Rosalie a choisi le ketchup.

— Est-ce que tu en veux?
demande-t-elle à Olivia.

— Oui, s'il te plaît,
répond Olivia.

Elle aime bien le ketchup,
et peut-être que si elle
en met beaucoup,
elle parviendra à manger
les saucisses. Elle prend

la bouteille des mains

de Rosalie. C'est une grosse

bouteille, mais elle est

presque vide et la sauce

est collée au fond.

Olivia l'agite doucement

au-dessus de son assiette.

Rien. ✿

Elle l'agite de nouveau.

— Où est le ketchup?

demande Daniel. ✿

— C'est Olivia qui l'a,
réplique Rosalie.

— Dépêche-toi, répond
Daniel en roulant les yeux.

Olivia rougit. Elle sent
qu'ils la regardent tous,
elle et la stupide bouteille
de ketchup. La sauce
ne coule toujours pas.

— Daniel, dit madame
Lajoie. Ne sois pas impoli.

Prends ton temps, Olivia.

Daniel n'est pas pressé.

— Oui je suis pressé !

J'ai faim ! T'as juste

à donner un bon coup

sur la bouteille, suggère-t-il

à Olivia.

Olivia aurait souhaité

ne jamais être venue,

que Daniel se taise,

et que la sauce sorte enfin

de la bouteille !

Elle donne une grande tape

sur la bouteille, puis SPLASH !

Une grande quantité

de ketchup sort de

la bouteille dans un bruit

dégoûtant. La sauce

recouvre les trois saucisses,

les fèves et presque toute

la purée de pommes de terre.

— Oh, franchement !

dit Daniel. Est-ce qu'il

en reste pour les autres ?

— Daniel ! lance monsieur
Lajoie. Ça suffit !

Rosalie fait une grimace
à son frère. Olivia lui donne
le ketchup sans le regarder.

— Mais papa ! pleurniche
Daniel. Tu ne nous permets

jamais de prendre autant
de ketchup. Tu dis toujours
qu'on n'a droit qu'à
une cuillérée !

Olivia voudrait disparaître.

Le souper est une véritable
catastrophe.

Elle leur fait croire
qu'elle adore le ketchup.
Elle coupe un morceau de
saucisse, puis le mange.

Il est recouvert de sauce.

Ce n'est pas si mal,

pense-t-elle.

Les garçons bavardent

avec leur père, tandis que

Rosalie raconte sa journée

à sa mère. Personne ne porte

attention à Olivia. Bien.

Elle garde les yeux

sur son assiette et tente

de manger ses saucisses,

en recouvrant soigneusement
chaque morceau de ketchup.

 Lorsqu'elle termine
son repas, elle est sur
le point d'être malade.
Elle va être un bon bout
de temps sans manger
de ketchup ! Elle voudrait
que sa mère téléphone
et dise qu'elle a besoin
d'elle sur le champ.

— Est-ce que vous avez bien

mangé ? demande madame

Lajoie.

— C'était délicieux,

répond monsieur Lajoie.

Guillaume gémit en flattant

son ventre, tandis que

Nicolas pousse un rot.

— Nicolas ! s'indigne

madame Lajoie.

Olivia, chérie, est-ce que

tu désires autre chose ?

Olivia secoue la tête
énergiquement.

Oh que non ! pense-t-elle.

— Je veux dire, non merci,
répond-elle poliment.

— Bien, dit madame Lajoie.
Débarrassez la table.

Les Lajoie ne possèdent pas
de télévision, mais ils ont
un lave-vaisselle. Après
le repas, chacun doit rincer

son assiette, puis la ranger dans le lave-vaisselle.

Lorsque la table est desservie, madame Lajoie y dépose un contenant de crème glacée et des cornets.

— Un cornet chacun, dit-elle. Et vous pouvez le manger à l'extérieur.

Elle prépare les cornets et les distribue un par un autour de la table.

— Maintenant, ouste !
ajoute-t-elle. J'ai besoin
de calme et de tranquillité.

Chapitre six

Il fait encore clair dehors.
Le soleil est sur le point
de se coucher et le ciel
se fond dans un dégradé
de rose et d'orangé.

Nicolas, Daniel
et Guillaume mangent
leur crème glacée aussi vite
qu'ils le peuvent pour aller
jouer au soccer. Rosalie
et Olivia essaient plutôt
de faire durer le plaisir.
Elles décident ensuite
de retourner se baigner.

— C'est tellement agréable
de se baigner lorsqu'il fait
noir, dit Rosalie. L'eau est

si chaude, et tu peux

te laisser flotter sur le dos en

regardant les chauves-souris

et les étoiles dans le ciel.

   Olivia est bien d'accord.

Elles pataugent, bavardent

et regardent le ciel.

Si ce n'était pas des garçons

qui crient sans relâche

pendant qu'ils disputent

leur partie de soccer,

ce serait très reposant.

Après un certain temps,
les garçons décident de
rentrer car ils ne parviennent
plus à distinguer le ballon
dans le noir.

C'est très calme maintenant
autour de la piscine,
et un peu apeurant.

— As-tu déjà pensé que
tu pourrais plonger sous
l'eau et ne jamais remonter
à la surface? demande Olivia.

— Ouais, répond Rosalie.

On pourrait caler

et être avalée par le drain

de fond de la piscine.

Elles fabulent et frissonnent

de plaisir. Elles aiment bien

se raconter des histoires

d'épouvante et aller

aux limites de leurs peurs.

— Et puis, le jour suivant,

il ne resterait que

notre queue de cheval

dans l'écumoire

de la piscine, dit Olivia.

— Et un jour, quelqu'un

trouverait un pied sur une

plage située à des kilomètres

d'ici, ajoute Rosalie.

— Beurk! s'exclament-elles
en riant et en se tenant
au rebord de la piscine
au cas où...

— On devrait dormir
à l'extérieur, ce soir,
propose Rosalie.

— Ah oui? répond Olivia.
Et qu'est-ce que tu fais
des moustiques?

— On s'envelopperait
de la tête aux pieds sous les

couvertures, explique Rosalie.

On pourrait aussi allumer

une chandelle parfumée.

— On pourrait rester

debout toute la nuit

et regarder le lever du soleil,

ajoute Olivia.

— Rosalie !

Madame Lajoie les appelle.

— C'est l'heure d'aller

dormir. Sortez de la piscine

maintenant !

— Ça paraît tellement que
ta mère est prof, dit Olivia.

Elles sortent de la piscine et
constatent que leurs doigts
et leurs orteils sont tout
ratatinés. L'air est frais
sur leur peau mouillée. Elles
grelottent encore lorsqu'elles
entrent dans la maison.

Debout devant le miroir
de la salle de bains,
leurs brosses à dents

identiques à la main,

elles rigolent en essayant

de brosser leurs dents

qui claquent. Elles peignent

ensuite leurs cheveux,

puis Rosalie attache les siens

avec un élastique pour

la nuit. Elles enfilent leur

pyjama et, finalement, elles

s'entendent pour dire que

ce serait trop compliqué de

dormir à l'extérieur ce soir-là.

Rosalie possède un lit
superposé, et puisque
c'est la première fois
qu'Olivia dort chez elle,
elle lui laisse le lit du dessus.

— Je lis toujours un peu
avant de m'endormir,
dit Rosalie. Est-ce que
tu as un livre ou tu veux
que je t'en prête un?

— Je vais t'en emprunter un,
s'il te plaît, répond Olivia.

Rosalie possède un tas
de livres. Olivia croit
que c'est parce que ses deux
parents travaillent à l'école.

Olivia trouve un livre
qui raconte l'histoire
d'une femme qui s'enfuit
sur un bateau de pirates.
Il semble intéressant,
mais une fois qu'elle
a escaladé l'échelle du lit
et se trouve blottie

sous les couvertures,

elle n'a plus envie de lire.

Chez elle, sa mère vient

normalement l'embrasser

et la border. Elles parlent

alors de leur journée. Parfois

aussi, Olivia lit un livre à voix

haute ou sa mère lui raconte

une histoire. Olivia

se souvenait que sa mère lui

avait dit ce matin-là à quel

point elle allait lui manquer.

Olivia constate que c'est la première fois de sa vie qu'elle va s'endormir sans que sa mère l'ait serrée dans ses bras. Elle se sent triste et seule.

Lorsqu'elle était dans la piscine avec Rosalie, Olivia avait oublié les évènements embarrassants du souper. Maintenant qu'elle est seule dans son lit, elle se remet

à y penser. Elle a une boule
dans l'estomac.

Il est trop tard pour
téléphoner à sa mère
et lui demander de venir
la chercher. Elle est coincée
ici. Daniel est une peste
et madame Lajoie croit
probablement qu'elle est
idiote d'avoir oublié
sa brosse à dents. En plus,
depuis l'accident avec

la bouteille de ketchup,

ils doivent tous s'imaginer

qu'elle est gourmande.

Comment parviendra-t-elle

à s'endormir avec toutes

ces idées noires? Elle a envie

de pleurer, mais elle ne veut

Je suis coincée ici, maintenant...

pas que Rosalie l'entende.

Dans le lit en dessous du

sien, Rosalie éteint sa lampe.

— Bonne nuit Olivia,

dit-elle.

— Bonne nuit, répond

Olivia en espérant

que sa voix ait l'air normale.

Olivia éteint à son tour.

Il fait maintenant noir

dans la chambre. Combien

de temps reste-t-il avant

le matin? Olivia se roule
sur le côté et s'imagine
être dans sa chambre,
dans son lit et sous
ses couvertures. Elle se fait
croire que sa mère
est couchée dans la chambre
d'à côté. Ça fonctionne,
puisqu'elle s'endort
rapidement.

Chapitre
sept

Olivia fait des rêves

étranges. Elle se réveille

en sursaut et, pendant

une fraction de seconde,

elle se demande où elle est.

Le lit, en plus d'être beaucoup

trop haut, a changé

de direction par rapport à

la fenêtre. Et puis, son oreiller

a une drôle d'odeur. Elle

entend le tic-tac de l'horloge

et le souffle de quelqu'un

qui respire en dessous d'elle.

Ah oui! Elle est chez

Rosalie. Elle ne se rappelle

pas de son rêve, mais elle est

bien éveillée. Quelle heure

est-il?

Certainement trop tôt

pour se lever.

Chez elle, elle serait allée

à la toilette et se serait

probablement glissée

dans le lit de sa mère

jusqu'au matin.

Ce n'est pas une bonne idée de penser à ça en ce moment. Elle ne fait que s'apitoyer sur elle-même. Elle décide plutôt de penser à des choses réconfortantes, comme le chocolat chaud qu'elle boit avant d'aller dormir, ses pantoufles en peau de mouton ou le son de la pluie sur le toit.

Quand Olivia rouvre les yeux, c'est de toute évidence samedi matin. Les rayons du soleil illuminent la chambre et ses couvertures sont chaudes.

Olivia tend l'oreille. La maison est calme. On dirait qu'il n'y a personne.

Elle se penche sur le bord du lit. Elle aperçoit un tas

de couvertures, mais Rosalie
n'est pas là.

Olivia se demande si
elle doit se lever ou attendre
dans son lit que Rosalie
revienne. Qu'est-ce qui serait
pire? Rester une éternité
dans son lit pendant que
Rosalie l'attend ou sortir
de la chambre et courir
le risque que Nicolas,
Daniel et Guillaume la voient

dans son pyjama rose

et vert?

Elle s'assoit dans son lit

et passe près de se cogner

la tête au plafond lorsque

Rosalie apparaît dans

l'embrasure de la porte.

— Oh! Tu es debout,

dit-elle. Super! Nous avons

la maison pour nous seules.

— Où sont passés

les autres? demande Olivia.

— Mes frères font du sport le samedi. Papa a reconduit Nicolas à sa séance d'entraînement, puis maman a accompagné Daniel et Guillaume. Ils ne seront de retour qu'à l'heure du dîner.

Fiou ! Olivia ne verra pas cette peste de Daniel avant quelques heures. Elle descend du lit.

— Mes frères ont mangé toutes les bonnes céréales, dit Rosalie. Il ne reste que du pain pour nous.

— Peux-tu te servir de la cuisinière?

— Probablement, répond Rosalie. Pourquoi?

— Je pourrais nous préparer du pain doré. Maman et moi avons l'habitude d'en faire.

— Cool ! s'exclame Rosalie.

C'est encore mieux

que des céréales.

De quoi as-tu besoin ?

  — Des œufs, du lait

et du beurre, dit Olivia.

Et une poêle à frire.

Et du pain, bien sûr.

  Olivia mélange les œufs

et le lait, puis trempe le pain

dans la préparation.

— Pendant que je fais ça,

essaie de trouver de

la cannelle, demande-t-elle.

Rosalie regarde

dans l'armoire.

— Il n'y en a pas, dit-elle.

— Du sirop d'érable?

— Non plus, répond

Rosalie. Mais il y a du miel.

— Ça fera l'affaire,

affirme Olivia en déposant

la première tranche de pain

dans la poêle à frire.

Le pain cuit lentement.

— On a aussi des bananes

et des fraises, ajoute Rosalie.

— Parfait! réplique Olivia

en retournant la tranche

de pain.

Au bout du compte,

le déjeuner est une réussite.

Olivia leur a préparé

deux tranches de pain doré

chacune, et Rosalie

les a décorées avec du miel

et des fruits.

— Attends, dit Rosalie.

Une dernière chose.

Elle sort une bouteille

de crème fouettée

du réfrigérateur et en répand

une longue traînée

dans chaque assiette.

— C'est vraiment beau !

s'exclame Olivia.

— Ouais, répond Rosalie.

— C'est presque trop beau

pour être mangé !

— Ouais, approuve Rosalie.

Elles admirent leur œuvre

en silence pendant quelques

secondes. Puis Rosalie

regarde Olivia avec

un sourire espiègle.

— Non, dit-elle.

Je peux le manger.

— Moi aussi, déclare Olivia.

Elles s'assoient sur le bord

de la piscine, les pieds

dans l'eau. Elles mangent

leur pain dans des assiettes

qu'elles ont posées

sur leurs genoux.

— C'est tellement agréable,
dit Olivia.

— Ouais, répond Rosalie.
Ce serait bien de pouvoir
faire ça tous les samedis.
Pas de frères qui crient
ni d'ordres des parents.

— Comment c'est de vivre
dans une grande famille ?

— La plupart du temps,
c'est agréable, mais ce qui

est parfois agaçant,

c'est d'être la plus petite.

Olivia est à la fois

la plus grande et la plus

petite de sa famille,

mais elle croit comprendre

ce que Rosalie veut dire.

— En tout cas, dit-elle,

je suis certaine

que tu ne t'ennuies pas !

— Ça, c'est sûr,

répond Rosalie en mangeant

la dernière fraise

de son assiette.

Elles entendent soudain

un grand bang! dans

la maison au moment où

la porte d'entrée se referme.

Puis, madame Lajoie

crie par la porte-fenêtre:

— Rosalie!

— Oh non, laisse tomber

Rosalie. Ils sont de retour

et nous n'avons même

pas encore eu le temps

de nous baigner.

Chapitre
huit

— Rosalie, dit madame
Lajoie lorsqu'elles rentrent
à l'intérieur. Est-ce que
tu t'es servi de la cuisinière ?

Olivia fige.

Madame Lajoie tient dans ses mains les assiettes dans lesquelles elles ont mangé. Et puis, la poêle à frire qu'elle a utilisée pour préparer le pain doré traîne dans l'évier.

— Non, répond Rosalie.

Olivia ne peut en croire ses oreilles. Madame Lajoie paraît furieuse. Non, plus que furieuse. Elle a plutôt l'air enragée.

— Rosalie, dit madame
Lajoie. Ne mens pas.
T'es-tu servi de la cuisinière ?

— Je te le jure, réplique
Rosalie. Je n'ai jamais touché
à la cuisinière. N'est-ce pas
Olivia ?

Madame Lajoie se retourne
vers Olivia, qui est si terrifiée
qu'elle a de la difficulté
à respirer.

— Est-ce que Rosalie
dit la vérité? demande
madame Lajoie.

— Oui, répond Olivia
d'une voix tremblotante.

— Tu vois? dit Rosalie
à sa mère.

— Bien, dans ce cas,
qui a fait tout ce désordre?
demande madame Lajoie.

— Je ne sais pas,
affirme Rosalie.

Elle s'apprête à ajouter quelque chose lorsque Olivia prend la parole.

— C'est moi, dit Olivia.

Elle ne sait pas ce qui
l'attend maintenant, mais
elle ne pouvait pas garder
le silence. Plutôt mourir
que de savoir madame Lajoie
fâchée contre elle !
En plus, elle n'a jamais menti
à sa mère et elle ignore
comment ne pas dire la vérité.

— Je me suis servie
de la cuisinière, dit-elle
calmement.

Madame Lajoie se retourne vers elle. Rosalie la fixe.

— Toi, Olivia ? répond madame Lajoie.

— J'ai préparé du pain doré, ajoute Olivia.

Elle regarde Rosalie, mais le visage de son amie est sans expression.

— Je vois, dit madame Lajoie. Rosalie ne t'a pas dit qu'elle n'était pas autorisée à se servir de la cuisinière sans

la surveillance d'un adulte?

Olivia secoue la tête.

— Je veux dire, ajoute-t-elle

pour éviter que Rosalie

ait des ennuis,

elle a peut-être pensé

que vous étiez d'accord.

Madame Lajoie soupire

et les regarde toutes les deux.

— Je suis désolée, dit

madame Lajoie, mais Rosalie

ne t'a pas dit la vérité. Dans

cette maison, les enfants ne

sont pas autorisés à cuisiner

sans la présence d'un adulte.

— Je suis désolée,

répond Olivia à voix basse.

— Rosalie, ajoute madame

Lajoie, je suis très fâchée

contre toi en ce moment.

Est-ce que tu savais que

vous aviez oublié d'éteindre

la cuisinière ? À mon retour,

la plaque était rouge vif.

C'est comme ça que

se déclenchent les incendies,

que les maisons brûlent

et que les gens se blessent

sérieusement.

Rosalie ne dit rien.

— Qu'as-tu à répondre

à ça ? demande madame

Lajoie.

— Les garçons ont mangé

toutes les bonnes céréales,

réplique Rosalie.

Nous n'avions plus rien

à manger.

— C'est faux,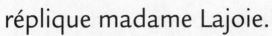

réplique madame Lajoie.

Vous auriez pu vous servir

du grille-pain ou du four à

micro-ondes. Vous auriez pu

vous préparer des sandwichs

aux bananes ou des laits

frappés. Vous n'alliez pas

mourir de faim.

Madame Lajoie

ouvre le réfrigérateur

afin de montrer à Rosalie

tous les aliments

qu'elle aurait pu manger

pour le déjeuner.

— Regarde, dit-elle,

il y a du jus d'orange,

du melon d'eau, du fromage,

des tomates. Vous auriez

pu... Hé ! Avez-vous mangé

toutes les fraises ?

Oh non, pense Olivia.

— Bon, s'exclame madame Lajoie en claquant la porte du réfrigérateur. Va dans ta chambre tout de suite, Rosalie ! Je suis trop furieuse.

Les filles s'éclipsent, la tête basse.

Chapitre neuf

Dans la chambre
de Rosalie, Olivia pousse
un grand soupir.

— J'étais sûre que ta mère
allait nous tuer, dit-elle.

— Elle l'aurait fait

si tu avais continué

de parler, répond Rosalie.

— Moi? lance Olivia.

Qu'est-ce que j'ai fait?

— Tu lui as tout raconté,

répond Rosalie. Si tu n'avais

rien dit, nous serions

en train de nous baigner

en ce moment.

Olivia est stupéfaite.

— Qu'est-ce que tu veux dire? questionne Olivia. J'ai laissé la cuisinière allumée alors que nous n'avions même pas le droit de nous en servir!

— Et alors? demande Rosalie.

— Et toi, tu as menti à ta mère!

— D'une certaine manière, admet Rosalie. Mais ce

n'était pas un gros

mensonge.

Olivia dévisage son amie.

Elle pense que Rosalie

est folle de mentir

à madame Lajoie.

Rosalie soupire à son tour.

— Regarde, ajoute-t-elle.

Tu n'as pas de frères ni

de sœurs, alors tu ne peux

pas comprendre. Quand

tu vis dans une grande

famille, tu peux mettre

le blâme sur les autres.

Mes parents sont tellement

occupés et nous sommes

si nombreux que nous

pouvons faire ce que nous

voulons. Si nous gardons

le silence, maman et papa
ne peuvent pas savoir qui
a fait quoi. Ils ne peuvent
donc pas nous chicaner.

— C'est fou, répond Olivia.

Mais d'un autre côté,
elle pense que c'est excitant.

— Puisque tu nous as
dénoncées, nous sommes
coincées ici, dit Rosalie.

— Ta mère aurait deviné
que c'était nous, répond

Olivia. Nous étions seules dans la maison.

— Probablement, affirme Rosalie. Mais maman, Daniel et Guillaume sont peut-être partis avant papa et Nicolas. Alors, ça aurait pu ne pas être de notre faute.

Olivia habite seule avec sa mère. Sa mère sait tout ce qu'elle fait — chaque bas et chaque serviette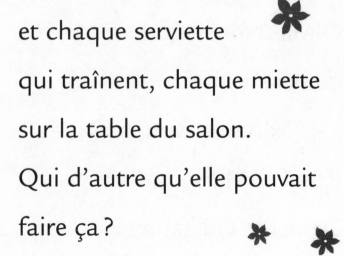

qui traînent, chaque miette

sur la table du salon.

Qui d'autre qu'elle pouvait

faire ça?

Elle a de la difficulté

à s'imaginer comment

c'est de vivre dans la maison

de Rosalie. Ça semble

si facile de se tirer d'affaire.

D'autre part, Rosalie

doit parfois se sentir seule.

Olivia aime bien que sa mère sache tout ce qu'elle fait.

— De toute façon, dit Rosalie, ça en a valu la peine. C'est le meilleur déjeuner que j'aie jamais mangé.

— Coquine! s'exclame Olivia.

— Je sais, répond Rosalie. Je suis vraiment, vraiment espiègle. Mais tu sais quoi? J'ai tellement bien mangé que ça m'est égal.

Olivia s'esclaffe.

Elle n'y peut rien. Rosalie

est évidemment indisciplinée,

mais elle est aussi très drôle.

Olivia admet qu'elles sont

coincées dans la chambre

de Rosalie parce qu'elles ont

désobéi, mais, en ce moment,

elle est heureuse d'en rire

avec sa meilleure amie.

Chapitre dix

Elles passent de longs
moments dans la chambre
de Rosalie à lire des livres
et à s'amuser avec les jeux
de Rosalie. Elles entendent
soudain monsieur Lajoie

et Nicolas rentrer,

puis les trois frères sortir

à l'extérieur pour se baigner.

Rosalie et Olivia

les regardent par la fenêtre.

Les garçons plongent, font

des bombes dans la piscine

et font éclabousser l'eau à

qui mieux mieux. Monsieur

Lajoie est assis dans la partie

la moins profonde, d'où

il encourage les garçons.

— Bravo Guillaume!
crie-t-il. C'est la plus grosse
bombe jusqu'à maintenant.
Fais attention, Nicolas!
Daniel est juste devant toi.

— Je m'ennuie, dit Rosalie.
Crois-tu que nous avons
passé suffisamment
de temps ici?

— Peut-être, répond Olivia
d'un air sceptique.

En fait, elle se sent

en sécurité dans la chambre

de Rosalie. À l'extérieur,

madame Lajoie est furieuse

contre elle, et Daniel pourrait

l'embarrasser une fois de

plus. Qui sait ce qui l'attend?

Dans la chambre,

elle est seule avec Rosalie

et elles pourront s'amuser

jusqu'à ce que sa mère

vienne la prendre.

— Nous pourrions remplir un autre questionnaire dans un magazine, suggère-t-elle.

Mais Rosalie a déjà ouvert la porte de sa chambre.

Une odeur d'oignons frits pénètre dans la chambre. Rosalie sort la tête et prend une grande respiration.

— Oh ! dit-elle avec envie. Des hamburgers. Mon repas préféré.

Le déjeuner est maintenant loin et l'estomac d'Olivia commence à gargouiller.

— J'aimerais bien manger un hamburger, dit-elle, mais ma mère va bientôt passer me prendre.

— Avant ou après le dîner ? demande Rosalie.

— Je n'en suis pas certaine.

— Dans ce cas, tu peux rester pour le dîner, n'est-ce pas ?

— Je suppose que oui,
répond Olivia.

L'odeur des hamburgers
est de plus en plus
perceptible et lui ouvre
l'appétit.

— Oups, dit Rosalie
en rentrant dans la chambre
et en refermant la porte.
Maman s'en vient.

Lorsque madame Lajoie
ouvre la porte, elles font

semblant de lire un livre

sur le lit de Rosalie.

— OK, vous deux, dit-elle.

C'est l'heure de dîner.

Olivia, est-ce que tu sais

à quelle heure ta mère vient

te prendre ?

— Non, répond Olivia.

— Tu as donc le temps

de manger un hamburger.

Ta mère pourra se joindre

à nous si elle arrive pendant

le repas. Et ensuite, un peu de rangement ici ne fera pas de tort, dit-elle à Rosalie d'un air sévère après avoir regardé l'état de sa chambre.

Le dîner se passe de façon plutôt agréable. Ils déposent tous les ingrédients pour les hamburgers sur la table. Olivia s'assure que Daniel n'est pas dans les parages lorsqu'elle prépare son hamburger. Elle décide

également d'éviter le ketchup!

   Elle vient de mettre

de la laitue sur son pain

et se demande si elle préfère

y ajouter des betteraves

ou du fromage lorsqu'elle

entend une voix lui dire:

   — Est-ce que tu veux

de la limonade?

   Olivia lève la tête et fige.

C'est Daniel qui verse

de la limonade dans

des verres en plastique.

Se moquait-il d'elle ?

Était-il simplement poli ?

Que doit-elle lui répondre ?

Daniel lui tend un verre

en souriant.

— Merci, dit Olivia.

Elle est bouche bée.

Merci !

Elle se dit alors que l'épisode du ketchup n'a pas été aussi catastrophique qu'elle l'avait cru.

Elle sort à l'extérieur avec son hamburger, puis va rejoindre Rosalie qui mange déjà sous un arbre.

Olivia se rend compte que son séjour chez Rosalie est presque terminé. D'une part, elle est contente. Elle a hâte de rentrer chez elle où elle

connaît tous les règlements

et aime toute la nourriture.

  D'autre part, elle est triste,

car elle va s'ennuyer

de Rosalie. Même les choses

qui lui ont fait peur vont lui

manquer — madame Lajoie

fâchée, Daniel, ainsi que

le lit superposé de Rosalie.

  Madame Lajoie l'appelle

par la porte-fenêtre.

— Olivia ! Regarde qui est ici !

Olivia se retourne et

aperçoit sa mère. Elle a l'air

petite à côté de madame

Lajoie. Olivia avait oublié

à quel point elle était belle.

— Oh, zut ! dit Rosalie.

J'imagine que tu dois rentrer

chez toi.

— Ouais, répond Olivia

en se demandant si elle est

heureuse ou triste.

Elles se dirigent lentement
vers la maison.

— Bonjour maman,
dit Olivia.

— Bonjour ma chérie,
répond sa mère.

Olivia ne veut pas la serrer
dans ses bras devant tout
le monde. Heureusement,
sa mère semble comprendre.

— As-tu eu du plaisir?
demande sa mère.

— Ouais, répond Olivia.

— As-tu été sage ?

— Hum, ouais, dit Olivia
en jetant un coup d'œil
en biais à madame Lajoie.

Madame Lajoie se met
à rire.

— Une vraie soie, répond
madame Lajoie. Elles ont fait
quelques mauvais coups,
mais rien de bien grave.

Olivia sourit.

— As-tu ramassé
tes choses? demande sa mère.

— Pas encore.

— Vas-y. Je vais t'attendre
ici et parler avec madame
Lajoie pendant ce temps.

Dans la chambre
de Rosalie, Olivia aperçoit
la boîte de chocolats
au moment où elle range
son pyjama dans son sac.

— Oh, j'ai oublié de donner ceci à ta mère, dit-elle.

— Gardons-les, répond Rosalie. Ou on pourrait dire à maman qu'on les lui donne si elle te permet de venir dormir ici la fin de semaine prochaine.

— Ou tu pourrais venir dormir chez moi, propose Olivia. Je préparerai du pain doré pour le déjeuner.

Rosalie traîne le sac
d'Olivia jusqu'à la porte
d'entrée. Pour une raison
qu'elle ignore, il ne ferme
pas aussi bien que la veille.
Le pyjama rose et vert
d'Olivia est à demi ressorti,
mais maintenant,
ça lui est égal que quelqu'un
le voie.

— Merci de m'avoir invitée,
dit-elle à madame Lajoie

Merci de m'avoir invitée.

en lui tendant la boîte

de chocolats.

— Oh, comme c'est gentil,

s'exclame madame Lajoie.

Ce sera encore meilleur

que des fraises

pour le dessert, ce soir.

Olivia rougit. Elle prend son sac des mains de Rosalie, puis suit sa mère à l'extérieur.

— Bye ! dit-elle en envoyant la main.

Elle se sent heureuse et courageuse, et, en quelque sorte, plus mature qu'hier.

— Je suis contente de savoir que tu as eu du plaisir, dit sa mère lorsqu'elles montent dans la voiture.

— Oui, répond Olivia.

Je me suis bien amusée.

La pire gymnaste

PAR

THALIA KALKIPSAKIS

Traduction de VALÉRIE MÉNARD

Révision de GINETTE BONNEAU

Illustrations de ASH OSWALD

Infographie de DANIELLE DUGAL

Chapitre
✳ un

Emma a pris position
au point de départ de
la piste d'élan, prête à courir.
Elle s'est imaginé un flip-flap
dans sa tête — *les jambes*
jointes, les fesses serrées...

---

et impulsion sur le cheval. Mais

elle n'a pas encore couru.

Elle attend que Mathieu

lui fasse signe de s'élancer.

Mathieu est l'entraîneur

de gymnastique d'Emma.

Il dépose un tapis

de réception sous le cheval,

puis s'installe à côté

pour aider Emma à sauter.

Mathieu donne finalement

son signal.

Emma essuie ses mains sur ses jambes et regarde ensuite le cheval. Elle part à courir.

Mathieu essaie d'attraper Emma au moment où elle prend son élan.

Malheureusement, le pied d'Emma glisse. Elle écarte les jambes et ressort son bassin. Elle a raté son saut. Elle est sur le point de tomber sur le sol. Mathieu

la rattrape juste à temps —

les jambes écartées, les fesses

desserrées, c'est presque terminé.

Soudain, bang !

Emma perd l'équilibre,

puis sa jambe frappe

Mathieu en plein visage.

Elle tombe sur le dos,

les bras et les jambes écartés.

C'était un très mauvais saut.

Emma est couchée

sur le dos, surprise. Elle avait

frôlé la catastrophe.

S'était-elle cassé

quelque chose ? Non, rien.

Elle se souvient soudain

du coup de jambe.

Elle se tourne sur le côté.

Mathieu tient son visage
entre ses mains.

— Je suis désolée, dit Emma
à voix basse.

Ça ne va pas bien. Est-ce
que Mathieu est blessé ?

— Je suis vraiment désolée,
répète Emma un peu plus fort.

Mathieu se redresse.

Il saigne du nez et le sang
coule dans la paume
de sa main.

— Est-ce que ça va ?

demande Emma, consciente

qu'elle vient de poser

une question stupide.

Mathieu regarde Emma

en secouant la tête. Il essuie

son nez avec un mouchoir.

— Réunion d'équipe, dit-il

avant de tourner les talons.

Les autres filles de l'équipe

sont assises au point

de départ de la piste d'élan.

Elles sont bouche bée

et ont les yeux écarquillés.

On dirait qu'elles viennent

de voir un fantôme... ou

le pire saut de tous les temps.

Emma s'assoit à côté de

Kim, sa meilleure amie. Kim

a des cheveux frisés noirs qui

rebondissent sur ses épaules

lorsqu'elle marche, ainsi

qu'un large sourire. Emma

pense que Kim est très jolie.

Kim regarde Emma d'un air qui signifie : *Qu'est-ce qui nous attend ?*

Emma fait un clin d'œil à Kim en retour. Allait-elle être expulsée de l'équipe ?

Mathieu est un bon entraîneur, le meilleur du club de gymnastique. Mais il crie souvent. La plupart des gymnastes ont peur de lui. Ses sourcils touffus lui donnent un air renfrogné

en permanence.

— Vous n'êtes pas obligées

de m'aimer. Mais vous

êtes obligées de m'écouter !

a-t-il l'habitude de crier

aux filles.

Ainsi, le fait de l'avoir

frappé au visage ne présage

rien de bon.

— OK, niveau six,

dit Mathieu en s'essuyant

le nez. Nous devons mettre

les choses au clair.

Les cinq filles sont assises

côte à côte. Les dix minutes

suivantes, elles ont écouté

le discours de Mathieu.

Il a parlé, il a froncé

les sourcils, il a crié. Pendant

dix minutes, les filles n'ont

pas bougé d'un poil.

Emma adore la

gymnastique. Ses collègues

de classe l'appellent « Emma la gymnaste ». Par contre, ils n'ont aucune idée des efforts que déploie Emma à chaque cours de gymnastique.

Elle a travaillé très fort pour atteindre le niveau six. Elle fait maintenant partie d'une équipe, elle effectue ses propres routines et elle participe à des compétitions. L'équipe va d'ailleurs bientôt

participer au championnat
provincial.

Cependant, faire partie
d'une équipe veut aussi dire
avoir Mathieu comme
entraîneur. Mathieu est le
meilleur entraîneur. Certaines
filles qu'il a formées se sont
même rendues aux Jeux
olympiques. Emma se sent
donc privilégiée de faire partie
de l'équipe de Mathieu.

Mathieu leur dit maintenant

qu'elles devront travailler

fort — plus fort que jamais.

Il leur explique tout

ce qu'elles devront faire

pour devenir les meilleures.

— La récré est terminée,

dit-il.

Après son discours,

Mathieu envoie les autres

filles travailler aux barres

asymétriques.

Il regarde ensuite Emma.

— Suis-moi
dans mon bureau.

Emma lui emboîte le pas

en fixant le sol. Elle avale

sa salive. Ça y est. Sa carrière

de gymnaste est terminée.

Mathieu va l'expulser

de l'équipe.

Chapitre
deux

Emma est assise dans

le bureau de Mathieu

et regarde ses pieds.

Elle s'est déjà excusée d'avoir

frappé Mathieu. Elle ne sait

pas quoi dire de plus.

Elle se sent coupable.

Mathieu écrit en plissant
le front. Il essuie son nez avec
un mouchoir taché de sang.

Mathieu dépose son crayon
et remet un bout de papier
à Emma.

— Voici quelques exercices
supplémentaires pour toi,
dit Mathieu. Tu feras
ces exercices pendant

que les autres filles feront leurs étirements, ajoute-t-il en reniflant.

— OK, répond Emma.

Des exercices supplémentaires ? Est-ce que ça veut dire qu'elle fait encore partie de l'équipe ?

— Maintenant, va t'entraîner aux barres, Emma, dit Mathieu d'un air renfrogné.

— OK, répond-elle
en souriant.

Elle n'est pas expulsée de
l'équipe ! C'est merveilleux.

Lorsque Emma se présente
aux barres, les autres filles
de l'équipe s'attroupent
autour d'elle.

— Qu'est-ce que Mathieu
t'a dit ? demande Noémie.

Elle a les yeux écarquillés
et l'inquiétude est palpable

sur son visage couvert
de poussière de craie.

Noémie est la meilleure
de l'équipe. Elle est petite
et forte. Noémie, Anaïs
et Chloé étaient toutes
les trois au niveau six l'année
précédente, mais Mathieu
les a recalées. Par contre,
les filles croient que Noémie
aurait dû monter au niveau
sept cette année.

— Je dois faire des exercices
supplémentaires, dit Emma.
Ce n'est pas si pire, non ?

— Ce n'est pas si pire,
répond Kim en souriant.

Les autres filles acquiescent
d'un signe de tête.

Pendant qu'elle s'exécute
aux barres, Emma
commence à se sentir mieux.
Elle fait encore partie
de l'équipe. De plus, elle est

douée aux barres. Elle adore

se balancer, tourner

et s'élancer de barre en barre

— *se balancer, tourner*

sur elle-même, s'agripper

à la barre inférieure et attraper

la barre supérieure.

Elle a l'impression de voler.

  Lorsqu'elle doit faire

ses exercices supplémentaires,

Emma recommence

à se sentir mal. Les exercices

sont difficiles. Et en plus,

il y en a beaucoup.

Emma effectue tant

de tractions à la barre fixe

que ses bras brûlent comme

s'ils étaient en feu. Elle doit

ensuite se tenir en équilibre

sur les mains, courir

et sauter en tenant

des poids. Pour terminer,

elle doit faire

des redressements assis.

Ses bras et ses jambes

lui font terriblement mal.

Emma regarde les autres

filles de l'équipe. Elles étirent

leurs jambes et bavardent

entre elles. Elles semblent

heureuses. Kim sourit

à Emma. Emma lui sourit

en retour, mais, à l'intérieur,

elle est triste.

Emma aime bien

les étirements. Elle peut déjà

faire le grand écart

sur les deux jambes.

Ça fait du bien d'étirer

ses jambes après avoir forcé.

Mais maintenant,

Emma doit faire

des exercices supplémentaires.

Son corps entier lui fait mal.

Lorsque son père vient

la prendre à la fin du cours,

Emma est trop fatiguée pour

bouger. Elle se glisse dans

la voiture comme une poupée

de chiffon. Elle est presque

trop fatiguée pour boucler

sa ceinture de sécurité.

— Comment s'est passé

ton cours de gymnastique,

mon lapin ?

lui demande son père.

— Bien, répond Emma

à voix basse.

Que doit-elle dire ? Elle

ne sait pas quoi dire. Elle est

trop fatiguée pour parler.

Emma regarde par la vitre

de la voiture. Les lampadaires

défilent rapidement.

Elle comprend soudainement

ce qui se passe.

Emma a frappé Mathieu,
mais il ne l'a pas expulsée
de l'équipe. Il souhaite
la faire payer d'une autre
façon. Il lui a donné
des exercices supplémentaires
pour se venger.

Emma se retourne
de manière à ce que son père
ne voie pas la larme
qui coule sur sa joue.

Elle se sent coupable

d'avoir frappé Mathieu.

Mais c'était un accident.

Elle s'était excusée.

Que se passe-t-il lorsqu'on

fait quelque chose de terrible

et que les excuses

ne suffisent pas ? Comment

répare-t-on son erreur ?

Emma adore la gymnastique.

Elle vit pour la gymnastique.

Mais maintenant, ce n'est

plus plaisant du tout.

Chapitre
trois

Le cours de gymnastique
suivant a lieu deux jours plus
tard. Les muscles d'Emma
lui font encore mal
et ses jambes sont encore
fatiguées. Elle ne se sent

pas prête à reprendre
l'entraînement ni à refaire
les exercices supplémentaires.

Pendant que les autres filles
font leurs étirements,
le visage d'Emma se plisse
de douleur. Un simple geste
comme lever les bras
dans les airs la fait souffrir.

— Tu as mal, hein ?
demande Kim.

— Ces exercices sont
vraiment difficiles,
répond Emma en tournant
son bras courbaturé.

— Ouais, j'imagine, dit Anaïs.
Elle secoue la tête en signe
de compassion.

— Dois-tu les refaire
aujourd'hui ? demande
Chloé.

— Ouais, répond tristement
Emma.

Ça lui fait du bien
d'en parler. Elle n'a parlé
des exercices supplémentaires
à personne, ni à la maison
ni à l'école. Au moins,
les filles de son cours
peuvent la comprendre.

Même si elles n'ont pas
à faire les exercices, elles
savent ce que ressent Emma.

— Ça va bien aller, Emma,
dit Kim en chatouillant
Emma sous le bras.
Tu vas y arriver.

Emma se met à rire
et sautille par derrière.
Elle pense moins à ses muscles
endoloris lorsqu'elle est
avec le reste de l'équipe.

— Je n'aimerais pas être

à ta place, dit Noémie avant

de se retourner en sautillant.

Soudain, Mathieu

vient les voir. Les filles

arrêtent de parler.

— OK, niveau six,

dit Mathieu. Exercices

sur le sol et sur la poutre

aujourd'hui.

Il pose ses mains

sur ses hanches.

— Commencez
vos échauffements
par des sauts de danse
au sol, s'il vous plaît.

Mathieu se dirige
vers la bordure de la piste,
puis croise les bras.
Il ne semble pas vouloir
défroncer les sourcils.

Les filles vont rapidement
se mettre en ligne
dans un coin de la piste

et commencent à faire
des sauts.

Emma aime bien
les exercices au sol,
et particulièrement la danse.
Elle est capable de sauter
très haut et d'écarter
complètement les jambes.
Elle a l'impression de voler
lorsqu'elle s'élance et fait
un grand écart dans les airs.

Emma étend les bras
comme une vraie danseuse
et effectue une suite de sauts
— *courir, courir, saut écarté,*
courir, courir, saut grand écart,
tourner... courir, saut enjambé.
Elle écarte rapidement
les jambes lorsqu'elle saute
dans les airs.
Elle a l'impression d'être
légère et gracieuse.

— C'est bien, Emma,

dit Mathieu en défronçant

les sourcils pendant

un moment.

Emma sourit. Mathieu

ne la félicite pas souvent.

— Exerce-toi à faire

des roulades maintenant,

Emma, ajoute Mathieu.

— Des roulades, déjà ?

dit Emma, perplexe.

Elle n'a fait qu'une seule suite de sauts. Elle doit déjà poursuivre son programme d'entraînement avec les exercices acrobatiques.

— Fais ce que je te dis, Emma, dit Mathieu d'une voix stricte. Tu as encore beaucoup de travail à faire avant le championnat provincial.

Emma hoche la tête

et se dirige à l'autre

extrémité de la piste.

Elle effectue quelques

flips-flaps et des roulades

pour s'échauffer. Doit-elle

faire ces exercices parce

qu'elle a frappé Mathieu ?

Elle n'apprécie pas le fait

d'être la seule à devoir

faire des roulades.

Emma a peur chaque fois

qu'elle effectue une roulade.

Elle a l'impression de perdre

le contrôle, comme si

chaque fois qu'elle retombe

sur ses pieds relevait

de la chance.

— Ne vous imaginez pas

que je ne vous regarde pas,

crie Mathieu aux autres filles

de l'équipe. OK, Emma,

exerce-toi à faire les roulades

de ton programme.

Emma prend une grande respiration. Elle essuie ses mains sur ses jambes, puis elle se met à courir — *courir, courir, arrêter, flip, roulade, sortie.*

Ce n'est pas si mal.

— Recommence, Emma, dit Mathieu. Refais-le plus vite et plus haut.

Emma soupire et lance un coup d'œil à Kim. Elle hausse les épaules.

— Noémie, continue
de t'exercer à faire tes sauts !
crie Mathieu.

Emma soupire et court
plus vite pour effectuer
sa prochaine roulade.
Elle réussit à sauter un peu
plus haut lorsqu'elle exécute
son flip-flap.

Enfin, Mathieu demande
aux autres filles de poursuivre
avec les roulades.

Emma n'est plus seule.

Elle sent la présence des filles

derrière elle malgré le fait

qu'elles ne parlent pas.

Noémie effectue

une roulade quasi parfaite

à son premier essai.

— C'est bien, Noémie,

dit Mathieu en souriant.

C'était une très belle figure.

Noémie sourit tandis qu'elle

retourne se mettre en ligne.

— Pourquoi ne m'as-tu pas fait monter au niveau sept, dans ce cas ? marmonne Noémie d'une voix juste assez basse pour que Mathieu ne l'entende pas.

Le reste de l'équipe s'exerce en silence jusqu'à ce qu'il soit temps — bien trop tôt — pour Emma de faire ses exercices supplémentaires.

Pendant que les autres
font leurs étirements,
Kim lui chuchote :

— Vas-y, Emma !

Emma essaie de sourire,
mais, en réalité, elle voudrait
pleurer. Après avoir fait
ses roulades, ses bras
lui font tellement mal
qu'elle ne sait pas
comment elle va terminer
son programme.

Elle a l'impression

qu'elle n'y arrivera pas.

Emma effectue ses tractions

à la barre très lentement.

Lorsqu'elle remonte

son corps, son menton

touche à peine à la barre.

— Un ! dit Mathieu

de l'autre côté du gymnase.

Je te regarde, Emma.

Emma plisse les yeux.

Elle remonte plus vite.

Elle est furieuse.

— Deux ! dit Mathieu.

Emma n'a jamais détesté

personne de sa vie.

Mais, en ce moment,

elle croit haïr Mathieu.

Emma est en colère pendant tout le temps qu'elle fait ses tractions. Mais au moins, elle les réussit bien.

Malgré que ses jambes soient fatiguées, elle parvient à trouver l'énergie pour courir et sauter.

Par contre, lorsque vient le temps de faire des pompes, ses bras ne suivent plus.

Chaque fois qu'elle essaie
de faire une pompe, ses bras
se mettent à trembler
et ne la retiennent pas.

— Fais tes pompes et
ce sera tout pour aujourd'hui,
dit Mathieu qui se tient
debout à côté d'Emma.

Emma essaie une autre
fois, mais elle ne parvient
pas à bouger les bras.
Elle se couche sur le ventre.

Ses bras tremblent sans
relâche. Elle voudrait crier.

— Tu es fatiguée ? demande
Mathieu.

Emma acquiesce d'un signe
de tête. Peu importe ce
que Mathieu lui demandera,

elle sait qu'elle ne pourra

pas le faire.

— OK. Étire-toi rapidement.

Tu pourras ensuite rentrer

chez toi, dit Mathieu

d'une voix presque aimable.

Emma se lève tranquillement

en évitant de regarder

Mathieu. Si elle croisait

son regard, elle lui crierait

probablement : *Ce n'est*

pas juste ! Je n'ai pas fait exprès de vous frapper. Soit elle crierait après lui, soit elle éclaterait en sanglots.

Par contre, Emma garde le silence pendant la période d'étirements ainsi que dans le vestiaire. En sortant du gymnase, ce soir-là, elle souhaite ne jamais y remettre les pieds.

Ce n'est pas agréable

du tout d'être

la plus mauvaise gymnaste.

Chapitre quatre

Le cours suivant est normalement le préféré d'Emma — la gymnastique suivie d'exercices de danse dans le studio. Mais Emma ne veut pas y aller.

Elle ne veut plus jamais revoir Mathieu.

Tandis qu'elle prépare son sac chez elle après l'école, Emma décide de faire semblant d'être malade. Elle se dirige lentement vers la porte d'entrée.

— Maman, je vais rester à la maison aujourd'hui, dit Emma. Je crois que je suis malade.

— Malade ? répond sa mère

en lui touchant le front.

Où as-tu mal ?

Emma ne dit rien.

Elle voudrait tout raconter

à sa mère à propos

des exercices supplémentaires,

mais elle devrait alors
lui avouer qu'elle a frappé
Mathieu. Emma ne veut pas
que sa mère le sache.
Elle ne veut pas que sa mère
sache qu'elle est
la plus mauvaise gymnaste.

— J'ai mal aux épaules,
répond finalement Emma.

— Tes muscles sont
endoloris ? dit sa mère

en souriant. Je connais
un bon remède.

La mère d'Emma part
pendant un instant,
puis elle revient avec
une crème chauffante.

— Tous les athlètes
professionnels ne jurent
que par ça, dit-elle.

La mère d'Emma lui
applique soigneusement
la crème sur les épaules.

— Tu sais, Emma… entame sa mère. Tu as maintenant atteint un niveau difficile en gymnastique.

Emma ne dit rien.

— C'est le vrai sport. Les figures difficiles. Même qu'une personne de ton équipe pourrait se rendre très loin.

Emma pense à Noémie, mais elle ne dit rien.

— C'est donc normal
que ça te fasse mal parfois,
ma chérie, poursuit la mère
d'Emma.

Elle essuie ses mains
avec un mouchoir.

— Mais promets-moi
une chose.

Emma regarde sa mère.
Ses épaules sont chaudes
et ne lui font presque
plus mal.

— Si tu crois que tu vas
te blesser sérieusement,
dit la mère d'Emma. Si jamais
tu as trop mal, tu dois arrêter.
Ne laisse pas Mathieu
te mettre trop de pression.

Emma hoche la tête
lentement. Est-ce que Mathieu
lui met trop de pression ?

Elle suit sa mère jusqu'à
la voiture.

Dans le vestiaire, avant

le cours de gymnastique,

Noémie bouche son nez.

— Pouah ! Qu'est-ce

qui pue comme ça ? dit-elle.

Anaïs se lève et regarde

en direction d'Emma.

Emma ne dit rien. Elle aime

bien la forte odeur

de la crème chauffante.

— C'est un cours de danse

aujourd'hui, Emma,

lui souffle Anaïs. Ça devrait
te remonter le moral.

Emma secoue la tête
en signe d'approbation.
Elle aime bien Anaïs.

— Beurk ! de la danse,
réplique Noémie.
Ça sert à quoi ?

Bien que Noémie
soit la meilleure de l'équipe,
elle n'a aucun talent
pour la danse. Elle n'est pas

à sa place dans un studio de danse.

Pendant la séance d'entraînement, Emma fait du mieux qu'elle peut. Malgré le fait qu'elle soit fatiguée, elle ne veut pas que Mathieu crie après elle. En fait, elle ne veut même pas qu'il lui adresse la parole. Elle saute haut et court vite. Elle fait son possible.

Elle s'assure que Mathieu
n'ait rien à lui reprocher.

Emma sait que Mathieu
la regarde. Il se tient
bien droit, les bras croisés.
Il l'observe.

Emma travaille encore
plus fort. Mais Mathieu
ne lui dit rien. Il permet
à Emma de faire de la danse
même si elle n'a pas fait
ses exercices supplémentaires.

D'une certaine façon,
c'est le meilleur cours
de gymnastique qu'elle a eu
depuis un bon moment.

Chapitre cinq

Pendant la fin de semaine,

Emma est encore

courbaturée et fatiguée.

Elle s'étend sur le canapé

et regarde la télévision

jusqu'à ce que sa mère

vienne l'éteindre.

Emma fixe alors le plafond.

Son corps est épuisé.

Mais c'est surtout son esprit

qui est épuisé. Elle en a assez

de se sentir coupable

d'avoir frappé Mathieu.

Elle en a assez de faire

tous ces efforts.

Elle en a assez de tout.

Emma s'endort

sur le canapé. À son réveil,

sa mère est debout devant
elle et lui tend un sandwich.

— Est-ce que tu as faim ?
demande la mère d'Emma.

Emma s'assoit. Lorsqu'elle
entame son sandwich,
elle se rend compte
qu'elle avait vraiment faim.
Emma adore les sandwichs
aux tomates.

Après son repas, sa mère
lui caresse le menton.

— Hé, veux-tu regarder ta cassette vidéo préférée ? Tu sais, celle des Jeux olympiques ? dit sa mère en lui faisant un clin d'œil. Je sais que tu as travaillé très fort cette semaine.

— Oui, bonne idée. Merci maman, répond Emma en sautant du canapé.

Elle se sent soudainement moins fatiguée.

La cassette vidéo contient
la finale de gymnastique
individuelle. Emma
l'a regardée si souvent
qu'elle connaît
le programme par cœur.

Par contre, aujourd'hui,
le programme semble
différent. Auparavant,
elle regardait la vidéo
la bouche ouverte.
Maintenant elle comprend

ce qui se passe. Emma est déjà capable d'effectuer certaines figures de base. Elle parvient même à repérer les erreurs des gymnastes.

Emma sourit. Elle s'est tellement améliorée depuis qu'elle a atteint le niveau six.

Pendant que sa gymnaste favorite s'exécute à la poutre, un détail retient l'attention d'Emma.

Elle arrête le magnétoscope
et fait marche arrière.

Le voilà — un saut enjambé.
Exactement comme celui que
s'était exercée à faire Emma
au sol, mais à la poutre.

Emma se met à penser.

Elle est déjà capable
de faire un saut écarté
sur la poutre. Pourrait-elle
faire un saut enjambé ?
Serait-elle capable de sauter

assez haut et d'atterrir sur

la poutre sans se blesser ?

Emma se lève et trace une

ligne sur le plancher du salon.

Elle essaie de faire le saut —

courir, courir, saut enjambé...

Non.

Emma tombe sur le sol.

Elle a à peine eu le temps

d'écarter les jambes. Pour faire

son saut enjambé, elle devra

sauter beaucoup plus haut.

Emma recule la cassette

une autre fois. Elle regarde

la séquence encore

plus attentivement.

Elle a soudain une idée.

Si Emma réussit bien son programme à la poutre, peut-être que Mathieu lui pardonnera de l'avoir frappé. Peut-être qu'il arrêtera de crier après elle.

Elle ne serait plus la pire gymnaste.

Cependant, comment parvenir à sauter suffisamment haut de sorte

qu'elle soit capable d'inverser
la position de ses jambes
dans les airs ?

Elle essaie le saut de
nouveau. Cette fois, Emma
tente de sauter très haut.

Au moment où elle prend
son élan et qu'elle s'apprête
à sauter, elle écarte les bras
et se heurte au meuble
de la télévision.

Bang !

Emma se frotte le bras. Ouille.

— Ça va ? lui demande sa mère, de la cuisine.

— J'essayais une nouvelle figure, répond Emma.

Sa mère entre dans le salon et prend un vase à fleurs.

— Comme dans le bon vieux temps, dit sa mère en sortant du salon.

Chapitre six

Les semaines suivantes,
Emma reprend goût
à la gymnastique.
Ses muscles ne lui font
presque plus mal et
les exercices supplémentaires

ne semblent plus

aussi difficiles.

Emma est également

plus forte. Elle voit

maintenant une différence

lorsqu'elle prend son sac

à dos rempli de livres,

qu'elle monte l'escalier

ou qu'elle ouvre le robinet

que son père a trop serré.

Emma a aussi l'impression

d'être plus forte en

gymnastique. Elle a encore
de la difficulté à sauter haut,
mais ça ne la fait plus autant
souffrir. Lorsqu'elle fait
un flip-flap et qu'elle touche
au cheval, elle peut sentir
son corps s'élever dans les airs.

Le corps d'Emma fait
ce qu'elle lui demande.

C'est tellement agréable.

Emma n'a pas dévoilé
son plan aux autres filles.

Elle s'exerce à faire

sa nouvelle figure chez elle.

Elle s'améliore de jour

en jour, mais elle a encore de

la difficulté à réussir sa sortie.

Elle s'entraîne assidûment,

mais le championnat

provincial approche à grands

pas. Il ne lui reste plus

beaucoup de temps.

Un jour, pendant la séance

d'entraînement avec

son équipe, Emma décide

d'essayer son nouveau saut

plutôt que ses sauts

habituels.

Emma balaie la piste

du regard. Mathieu parle

avec Chloé et lui place les bras
pour l'aider à effectuer
son saut. Les autres filles font
et refont leurs sauts au sol.

Emma aperçoit soudain
une ligne blanche de l'autre
côté de la piste.
Elle est située à une bonne
distance du reste de l'équipe
et de Michel.

Elle travaille le saut
enjambé, encore et encore.

Courir, courir, saut enjambé,

sortie... trébucher.

Une autre fois.

Elle réussit son saut,

mais elle a de la difficulté

à garder l'équilibre

au moment de la sortie.

Après quelques essais,

Emma se gratte la tête.

Elle doit sauter plus haut si

elle souhaite réussir sa sortie

sans tomber. Mais comment ?

Elle s'aperçoit

que Kim la regarde.

En fait, Kim la dévisage.

Elle ne comprend pas ce que

fait Emma.

Emma se dirige vers Kim.

Il est temps de lui dévoiler

son plan. Kim est

sa meilleure amie, après tout.

Cependant, tandis

qu'Emma s'avance vers Kim,

Mathieu ordonne à toutes

les filles de l'équipe

d'enchaîner avec les roulades.

À toutes les filles, sauf Emma.

— Ce sont les pires sauts

que tu aies jamais faits,

Emma, dit Mathieu

en remuant la tête.

Emma avale sa salive.

Il l'avait vue !

— Ils ne font pas partie

de ton programme !

hurle Mathieu.

Ils ne font pas partie
de mon programme au sol,
pense Emma. Mais elle
ne dit rien. Elle ne peut
lui parler de son nouveau
saut. Pas maintenant.
Pas avant qu'elle soit
capable de réussir sa sortie
sur la poutre.

— Continue de t'exercer
à faire les sauts
de ton programme, Emma,

lui dit Mathieu. Et comme

il faut, cette fois-ci !

Emma grommelle pendant

qu'elle effectue ses sauts.

Elle a travaillé tellement fort

et il la gronde encore.

Au moment où elle

s'apprête à faire ses exercices

Ça ne sert à rien
de travailler
fort !

supplémentaires,
Mathieu va la voir.

— Laisse tomber
les exercices supplémentaires
aujourd'hui, Emma, dit-il.
Tu t'en sors assez bien
avec tes sauts habituels.

Il marmonne ensuite :

— Excepté avec ce saut-là...
Emma lève les yeux.
Est-ce que Mathieu lui a fait
un compliment ? Lorsqu'il a

dit qu'elle s'en sortait bien,
il l'a dit en criant.

Emma va rejoindre
les autres filles pour
les étirements. Mathieu quitte
le gymnase. Elles se déplacent
dans un coin de la piste
et font des grands écarts.

— Alors, es-tu heureuse
d'être de retour dans
l'équipe ? demande Noémie
en se penchant sur le côté.

Elle ne s'étire jamais

comme les autres.

— Oui, répond Emma

en abaissant son corps

un peu plus vers l'avant.

Ses jambes sont beaucoup

plus fermes depuis

qu'elle a pris du muscle.

— Eh bien, c'est comme ça

que ça doit se passer,

dit Anaïs. Mathieu ne devrait

pas nous diviser.

Pendant qu'elles font leurs étirements, les gymnastes parlent de leurs programmes et du championnat provincial. La compétition rend Chloé nerveuse.

Kim a hâte. Toutes croient que Noémie a de bonnes chances de remporter le trophée.

Emma est heureuse de pouvoir faire ses étirements

avec les filles de l'équipe. Elle a l'impression de mieux les connaître que ses amies d'école.

Elles aussi ne vivent que pour la gymnastique.

✿

Chapitre
sept

Après le cours, dans

le vestiaire,

Emma chuchote à Kim :

— Viens avec moi

aux poutres.

— Pourquoi ? demande
Kim en laçant ses souliers.

— Je veux te montrer
quelque chose,
répond Emma.

Lorsque les autres filles
sont parties, Kim et Emma
se dirigent discrètement
vers les poutres. Les filles
du niveau sept font
leurs échauffements. Mathieu
n'est pas dans les environs.

Emma laisse tomber
son sac à côté de la petite
poutre et enfile ses souliers.

— Je vais ajouter
un nouveau saut
à mon programme
à la poutre, dit Emma.

— Est-ce que c'est le saut
que tu t'exerçais à faire
au sol aujourd'hui ?
demande Kim.

— Ouais, affirme Emma.

Qu'est-ce que tu en penses ?

Elle prend position à côté

de la petite poutre et fait

un saut enjambé au sol.

Elle réussit à changer

de jambe dans les airs

avant d'effectuer sa sortie.

Elle saute ensuite

sur la petite poutre.

— Attends, Emma, dit Kim,

inquiète. Je sais que

tu es bonne pour faire

des sauts, mais celui-ci

est plutôt difficile.

Emma est debout

sur la petite poutre.

Elle se dresse sur ses orteils.

Kim, je sais
que je peux
y arriver !

— Je sais. C'est ça le but,

répond Emma.

Si je m'améliore à la poutre,

je ne serai plus la pire gymnaste

dans toutes les disciplines !

Cela ne rassure pas Kim.

— Tu ne sais pas ce que

c'est de se faire crier après !

De devoir faire des exercices

supplémentaires !

La voix d'Emma résonne

dans tout le gymnase.

Elle est fâchée contre
Mathieu, mais maintenant,
on dirait plutôt qu'elle
est fâchée contre Kim.

— Il crie après moi, aussi,
dit Kim, vexée.

Son visage devient rose.

— Il crie après nous toutes.

Les deux amies se regardent.
Emma est furieuse,
mais elle ne veut pas
se disputer avec Kim.

— Qui crie après vous ?

Mathieu se tient debout
à côté de la petite poutre,
les mains sur les hanches.

Il a l'air plus fâché
que jamais.

Emma saute de la poutre.
Mais il est trop tard — elle
s'est fait prendre en défaut.

Le visage de Kim n'est plus
rose. Il est maintenant rouge
écarlate.

— Es-tu montée

sur cette poutre, Kim ?

demande Mathieu.

Kim fait signe que non.

Elle est sur le point

de pleurer.

— Tu peux donc rentrer

chez toi, ajoute Mathieu.

Kim prend son sac

et regarde Emma

en s'en allant. Son regard

veut dire « *bonne chance* ».

Mathieu se retourne
vers Emma.

— Qu'est-ce qui t'a pris ?
hurle Mathieu.

Le gymnase devient
soudainement silencieux.

— As-tu pensé
à ce qui serait arrivé
si tu t'étais blessée ? Sans
la présence d'un entraîneur ?
Pour l'amour du ciel,
où avais-tu la tête ?

Emma regarde Mathieu,
mais elle refuse de s'excuser.
Elle en a assez de se faire
crier après.

— Alors ? dit Mathieu.

Emma a la gorge serrée.
Elle ne doit pas pleurer.
Pas maintenant.

— Je suis désolée ! crie-t-elle
en sanglotant.

Mais ce n'est pas

ce qu'elle voulait dire.

Elle s'était mal exprimée.

Mathieu penche la tête.

— Emma, calme-toi, dit-il.

Se calmer ! Mathieu crie

toujours — il est loin d'être

calme. Emma ne peut garder

son calme non plus.

— Mes parents vous paient

une fortune et tout

ce que vous faites,

c'est crier après moi !

Emma est bouche bée

— elle n'avait pas prévu

dire ça non plus.

C'est sorti tout seul.

Mathieu a l'air encore

plus surpris.

Vous ne faites
que crier
après moi !

— Viens dans mon bureau, Emma, dit-il.

Emma se dirige vers le bureau de Mathieu d'un pas lourd. Elle ne s'assoit pas. Elle est furieuse et contrariée.

— Assois-toi, Emma, lui ordonne Mathieu.

Il a l'air préoccupé.

— Tu peux me parler.

— Vous parler ? réplique Emma à voix basse.

Elle reste debout.

Puis, soudain,

elle lui dit tout.

— Je vous ai parlé.

Je vous ai dit que j'étais

désolée ! crie Emma.

Je vous ai dit que j'étais

désolée de vous avoir frappé.

Je suis DÉSOLÉE.

Mathieu regarde Emma,

bouche bée.

Emma expire profondément.

— Mais c'était un accident, ajoute-t-elle. Je ne l'ai pas fait exprès. Je n'ai pas voulu vous frapper et je vous ai dit que j'étais désolée.

Une larme coule sur sa joue. Elle l'essuie, et poursuit.

— Ensuite, vous m'avez donné ces exercices supplémentaires et vous n'avez pas cessé de crier après moi.

Ce n'est pas juste.

Je ne l'ai pas fait exprès,

mais vous continuez quand

même de crier après moi.

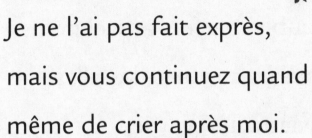

Ça y est. Elle l'a dit.

Emma s'assoit.

Mathieu se lève.

Il se dirige vers la fenêtre,

puis il se gratte le menton.

— Je ne me suis pas rendu

compte que tu étais fâchée,

dit calmement Mathieu

en regardant par la fenêtre.

J'oublie parfois à quel point

vous êtes jeunes, les filles.

   Mathieu regarde

par la fenêtre pendant

un long moment.

Emma commence

à s'inquiéter.

À quoi pense-t-il ?

Au moins, lorsqu'il crie,

elle connaît le fond

de sa pensée.

Emma ne sait plus à quoi

s'attendre.

Chapitre
* huit *

Emma est assise dans le

bureau de Mathieu, inquiète.

Elle est dans de beaux draps.

Elle a crié après un adulte

— son entraîneur !

Que se passe-t-il lorsqu'une

gymnaste crie après
son entraîneur ?

Emma n'avait pas de raison
de s'inquiéter.

Lorsqu'il s'est assis,
Mathieu avait l'air gentil
et un peu triste. Il avait aussi
défroncé ses sourcils épais.
Lorsqu'il lui a parlé, sa voix
était calme. Il s'est même
excusé de lui avoir crié après.
On aurait dit qu'il parlait

à un ami ou à sa propre fille.
Il parlait lentement et lui
expliquait son raisonnement.

Au bout du compte,
Mathieu ne lui avait pas
donné des exercices
supplémentaires pour
la punir. En fait, ils devaient
aider Emma à devenir plus
forte — assez forte pour
réussir ses flips-flaps. Et ça
avait fonctionné. Mathieu

a dit à Emma que ses sauts

s'amélioraient de jour en jour.

Emma se calme au fur

et à mesure que Mathieu

s'explique. On ne dirait pas

qu'il la déteste. Mathieu dit

à Emma qu'il lui crie après

simplement parce que ça

fonctionne. Chaque fois

qu'il la gronde, elle se met

à sauter plus haut et à courir

plus vite.

— Je ne crie pas parce que
je suis fâché, Emma,
dit Mathieu. Je crie pour que
tu t'améliores.

Emma hoche la tête.
Elle commence à se trouver
stupide d'avoir réagi
de la sorte.

— Quand je crie après
Chloé, elle prend peur.
Noémie m'écoute à peine
lorsque je lui parle. Mais toi,

Emma, tu m'écoutes

et tu t'améliores.

Mathieu fait une pause.

— Ce n'est pas quelque

chose que j'ai l'habitude

de dire, ajoute-t-il, mais

tu as les aptitudes et le cran

pour réussir, Emma.

Emma avale sa salive.

Mathieu ne lui avait pas

parlé comme si elle était

la pire gymnaste. En fait, il lui

avait expliqué qu'elle pouvait

devenir vraiment bonne !

— J'imagine que la raison

pour laquelle j'ai crié après

toi, c'est parce que je sais

à quel point tu as du talent,

dit Mathieu.

Emma avale sa salive

de nouveau. Elle n'est

soudainement plus triste,

ni fâchée. Elle se sent bien.

Tous ces reproches

lui avaient été bénéfiques.

Et, grâce aux exercices

supplémentaires

— les muscles endoloris,

les efforts — elle s'était

considérablement améliorée.

Emma se sent si bien

qu'elle explique à Mathieu

le nouveau saut qu'elle veut

effectuer à la poutre.

— C'est donc ça que

tu faisais... dit Mathieu.

Il a repris sa voix autoritaire. Mais Emma n'y porte pas attention.

— Je vais faire un marché avec toi, ajoute Mathieu. Si tu t'exerces à faire ton saut pendant les heures de cours, je vais t'aider. N'essaie pas toute seule.

Emma sourit.

C'est merveilleux.

Mathieu croit que j'ai du talent !

— Par contre, je veux

que tu aies complété

ton programme à la poutre

pour vendredi prochain,

dit Mathieu. Il sera trop tard

après cette date pour

y changer quoi que ce soit.

Emma est étonnée.

— Vendredi prochain ?

C'est dans une semaine

et demie !

On frappe soudain

à la porte.

C'est le père d'Emma.

— Je cherche Emma,

dit-il en ouvrant la porte.

Il regarde Emma.

— Est-ce que tout va bien ?

demande-t-il.

Les deux hommes regardent Emma.

— Euh, oui, désolée, dit Emma en se levant.

Elle avait fait attendre son père dans la voiture pendant qu'elle criait après son entraîneur. Emma se sent encore plus bizarre maintenant que lorsqu'elle a donné un coup à Mathieu.

Dans la voiture, Emma raconte tout à son père. Elle lui dévoile tous les détails sans reprendre son souffle. Elle ne ressent plus le besoin de tout lui cacher. Le mauvais saut, le sentiment d'être la pire de l'équipe — elle n'est plus obligée de tout garder à l'intérieur.

Lorsqu'elle lui explique

qu'elle a frappé Mathieu,

son père se met à glousser.

— J'aurais aimé voir ça,

lui dit son père.

Emma passe le reste

de la soirée à penser à

son programme à la poutre.

Comment parviendra-t-elle

à maîtriser le saut enjambé

en une semaine et demie ?

Même avec l'aide

de Mathieu, Emma ignore
si elle y arrivera.

Emma souhaite plus que
jamais effectuer son nouveau
saut. Mathieu croit qu'elle
peut devenir une bonne
gymnaste. Elle fera
son possible pour y parvenir.
Si elle travaille fort, elle sait
qu'elle peut y arriver.

Emma a encore beaucoup
de travail à faire avant

le championnat provincial.

Il lui reste peu de temps

pour maîtriser son saut.

Chapitre
neuf

Le cours de gymnastique

suivant débute par

une réunion d'équipe.

Les filles sont assises

sur le plancher. Mathieu

se tient debout devant elles,

les mains sur les hanches.

De façon plus générale,
les choses n'ont pas
beaucoup changé. Mathieu
fronce les sourcils et crie
après tout le monde. Chloé
a toujours l'air aussi terrifiée.
Noémie n'écoute pas.
Elle gratte une petite
ampoule qui s'est formée
dans la paume de sa main.

Mais pour Emma, les choses
ont changé.

Lorsque Mathieu crie, elle ne prend plus peur et ne se fâche plus. Elle a l'impression d'être une grande gymnaste qui s'apprête à participer à une compétition importante. Le championnat provincial est une compétition importante, assez importante pour qu'on lui crie après.

Après la réunion, les filles vont s'exercer à la poutre.

Mathieu prend Emma
à part.

— Vas-y, Emma,
murmure Kim en se dirigeant
vers la grande poutre.

Emma avait téléphoné
à Kim après le dernier cours
de gymnastique. Elles avaient
parlé de sa rencontre
avec Mathieu pendant
plus d'une heure.

— Merci Kim,
répond Emma. D'une part,
elle est excitée. D'autre part,
elle est terrifiée d'effectuer
un saut enjambé
sur la poutre.

Elle fait un saut enjambé
sur la piste pour que
Mathieu l'évalue. Elle a bien
réussi, mais elle a encore
trébuché lors de sa sortie.

Mathieu secoue la tête.

— Tu dois sauter
d'une façon différente sur
la poutre, dit-il d'un ton sec.
Tu n'as pas à sauter si haut.
Garde les épaules droites.

Il s'éloigne ensuite.

Emma essaie de nouveau.
Elle garde les épaules droites
— *courir, courir, saut enjambé,*
sortie.

Elle a sauté moins haut
et elle a réussi sa sortie.

Comme c'est étrange !

Pendant tout ce temps,

elle avait essayé de sauter

de plus en plus haut,

mais ce n'était pas la bonne

technique.

Emma sourit intérieurement.

Il est exubérant. Il est bête.

Mais il est un excellent

entraîneur.

Emma continue

de travailler son saut pendant

les cours de gymnastique.

Mathieu lui demande ensuite

de se concentrer

sur son programme.

Chez elle, Emma s'entraîne

aussi souvent qu'elle le peut.

 Pendant une semaine

et demie, Emma s'exerce

à exécuter son saut.

Lorsqu'elle ne mange pas,

ne dort pas ou qu'elle n'est

pas à l'école, elle s'entraîne
à faire son saut.

Le vendredi suivant,
Emma parvient à l'effectuer
sur la petite poutre sans
tomber. Elle se sent solide
et sûre d'elle.

Par contre, Mathieu refuse toujours de la laisser exécuter son saut sur la grande poutre.

— S'il vous plaît, Mathieu, le supplie Emma tandis que les filles se dirigent vers la grande poutre. Je sais que je peux le faire.

— Si elle ne fait pas son saut sur la grande poutre aujourd'hui, elle ne pourra pas l'intégrer à sa routine pour le championnat

provincial.

Mathieu regarde Emma.

— Tu y es presque...

dit calmement Mathieu.

— Allez, Mathieu,

dit Noémie. Toute l'équipe

est au courant du nouveau

saut d'Emma.

Ce n'est qu'un saut.

— C'est un saut très

dangereux, répond Mathieu

en fronçant les sourcils.

Mais OK. Tu peux le faire

sur la grande poutre, Emma.

   Emma se lève debout

sur la grande poutre.

Elle a toujours l'impression

d'être beaucoup plus haute

lorsqu'elle se tient

sur la grande poutre.

Elle peut sentir le bout

de bois étroit sous ses pieds

et son cœur battre

dans sa poitrine. Si elle ratait

sa sortie, elle pourrait

se blesser sérieusement.

Elle essuie ses mains

sur ses jambes.

Courir, courir... les épaules

droites... saut enjambé... sortie.

Ça y est. Emma pose

les pieds sur la poutre. Elle

ne perd même pas l'équilibre.

Les autres filles

applaudissent. Mathieu

incline la tête. Emma saute
de la poutre en souriant.

C'était formidable. Emma
avait longtemps été la pire
de l'équipe. Mais plus
maintenant. Elle va pouvoir
faire un saut enjambé
sur la poutre au championnat
provincial !

Tous ces efforts
ont servi à
quelque chose !

Chapitre dix

Le jour du championnat
provincial, tout le monde
semble nerveux. Kim fronce
les sourcils et saute
sur place. Anaïs et Chloé font
discrètement leurs étirements

sur le sol. Même Noémie

est plus tranquille

qu'à l'habitude.

Pourtant, aux yeux de ceux

qui ne les connaissent pas,

tous les membres de l'équipe

ont l'air bien. Les filles

paraissent en forme.

Elles ont tiré leurs cheveux

derrière la tête et les ont

attachés avec des rubans

aux couleurs de l'équipe.

Chacune porte l'uniforme de l'équipe — violet avec deux bandes blanches sur les côtés. On dirait une véritable équipe de gymnastique qui s'échauffe pour le championnat provincial.

Le gymnase est immense. Toutes les équipes de niveau six de la province y sont présentes. Certaines filles

regardent autour d'elles
d'un air nerveux.

D'autres ricanent pendant
qu'elles s'exercent aux barres
ou qu'elles font des roulades
sur le sol.

C'est un jour important.

Emma aperçoit ses parents
dans les gradins parmi
la foule imposante.

Ils ne bougent pas.

Ils ne semblent même pas

se parler. Ils ont l'air loin,
très loin. ✺ ✺ ✺

Emma se sent bizarre.
Elle est nerveuse et excitée
à la fois. Aujourd'hui,
elle devra effectuer un saut
enjambé devant des juges !
Allait-elle y arriver ?

Et comble de malheur,
l'équipe d'Emma allait être
la dernière à s'exécuter
à la poutre. Cela voulait dire

qu'Emma allait devoir prendre son mal en patience jusqu'à la toute fin.

Mathieu convoque les filles.

— OK, niveau six, dit-il.

Il a un air renfrogné, mais Emma croit apercevoir une étincelle dans ses yeux cachés sous ses sourcils épais.

— Vous avez exécuté vos routines des centaines

de fois. Vous savez ce que
vous avez à faire.

Il prend une pause.
Les cinq filles se tiennent
debout au point de départ de
la piste d'élan. Elles oublient
le bruit et l'agitation
qui règnent dans le gymnase.

— Je sais que vous pouvez
réussir, dit gentiment
Mathieu. Rendez-moi fier,
niveau six.

Les filles ne disent pas un mot. Elles ont l'air calmes. Kim a cessé de froncer les sourcils. Chloé a recommencé à sourire. Le discours de Mathieu les a encouragées. Leur nervosité et leurs craintes sont tombées. Emma se sent calme, également. Elle a travaillé fort et elle sait qu'elle peut y arriver.

Oh...
c'est mon tour !

C'est maintenant l'heure

de faire ses preuves.

Lorsque son tour arrive,

Emma se sent prête.

Elle se sent forte. Elle essuie

ses mains sur ses jambes,

puis elle attend jusqu'à

ce qu'une juge incline la tête.

Emma se met à courir,

puis elle prend son élan.

Elle se concentre sur le cheval

qui se dresse devant elle.

Courir, courir, jambes jointes,

fesses serrées...

Au moment où elle pose

ses mains sur le cheval,

elle sent son corps s'élever

dans les airs.

Pendant une seconde,

elle a l'impression de voler.

Puis, les pieds d'Emma

touchent le sol.

Elle a réussi sa sortie.

C'était un bon saut.

Lorsque son pointage

apparaît sur le tableau,

Emma se sent encore mieux.

Elle s'est hissée en deuxième

position, derrière Noémie.

Kim donne à Emma

une tape dans le dos. Emma

soupire de soulagement.

C'est formidable.

Elle n'est plus la pire

gymnaste de l'équipe.

Elle a aussi réussi

son programme aux barres

et au sol. Elle s'est balancée

sur les barres comme si

elle avait fait ça toute sa vie.

Elle a effectué ses roulades

et ses figures de danse

avec grâce. Après avoir

travaillé si fort, tout lui paraît soudainement si facile.

Lorsque vient le moment de se présenter à la poutre, Emma attend patiemment pendant que les autres filles effectuent leur routine.

C'est enfin au tour d'Emma de s'exécuter à la poutre.

Les filles des autres équipes qui ont terminé

leur programme sont assises
et la regardent.

Emma a l'impression
que tout le monde
dans le gymnase la regarde.

Au moment où elle débute
sa routine, Emma pense
à la gymnaste qu'elle avait
vue sur la vidéo des Jeux
olympiques. Elle avait
effectué sa routine devant
le monde entier ! Emma sait

qu'elle peut faire la sienne

devant les spectateurs

d'un gymnase.

Emma se sent en confiance

sur la poutre. Elle réussit

son saut enjambé

sans problème. Sa sortie

est solide et gracieuse.

Elle entend l'entraîneur

d'une autre équipe soupirer.

Lorsque le pointage d'Emma

apparaît au tableau, tout le

gymnase se met à applaudir.

C'est un pointage très élevé.

Emma est fière, mais

elle est étonnée. Elle ne sait

pas quelle position

elle occupe maintenant.

— Bravo, Emma !

lance Mathieu en souriant.

Kim et Anaïs serrent tour
à tour Emma dans leurs bras.
Elles s'enlacent ensuite.

— Qu'est-ce que j'ai fait
de mal ? dit Noémie tout bas.

C'est à ce moment
qu'Emma comprend
ce qui lui arrive. Au moment
de la remise du trophée,
c'est elle que les juges
déclarent gagnante.

Emma a eu le meilleur

pointage de toutes les équipes

du niveau six !

Elle monte sur l'estrade,

puis un juge lui remet

le trophée. Emma ne peut

arrêter de sourire.

Toutes les filles

de son équipe applaudissent.

Noémie sourit également.

Emma cherche ses parents

dans la foule. Ils ne sont plus

assis sur leur siège. Ils

se sont approchés de l'estrade

et ils applaudissent. La mère

d'Emma sourit et pleure

en même temps. Son père

a les bras levés dans les airs.

   Dans la voiture,

Emma regarde finalement

son trophée attentivement.

Elle le retourne et touche

la plaque d'or qui miroite

à la lueur de la lumière.

Sur le trophée apparaît

une gymnaste qui effectue

un flip-flap parfait. Elle a

la tête en bas, ses jambes

sont droites et ses orteils

sont en pointe. Par contre,

aux yeux d'Emma, le trophée
représente beaucoup plus.

Emma passe son doigt
sur les jambes de la gymnaste.

Selon Emma, la gymnaste
qui apparaît sur le trophée
s'apprête à faire un flip-flap
sur le cheval. Elle serre
les fesses. Ses jambes
sont parfaitement droites.

Elle est sur le point
de se donner une poussée

sur le cheval et de s'élancer
dans les airs.

Le trophée est le plus
bel objet qu'a reçu Emma
dans sa vie. Il représente
tous les efforts d'Emma.

Aux yeux d'Emma,
le trophée représente
une gymnaste qui s'apprête
à effectuer le meilleur
flip-flap de tous les temps.

Esprit de famille

PAR
THALIA KALKIPSAKIS

Traduction de VALÉRIE MÉNARD

Révision de GINETTE BONNEAU

Illustrations de ASH OSWALD

Infographie de DANIELLE DUGAL

Chapitre un

Je sais que ma grande sœur Léa me déteste. C'est parce que je suis née après elle.

Léa avait trois ans lorsque je suis née. Tout le monde disait que j'étais

trop mignooooone ! Maman
raconte que plus personne
ne disait à Léa qu'elle était
mignonne. Elle a donc jeté
tous mes vêtements de bébé
dans la toilette.

Je parais plus jeune que
mon âge. J'ai neuf ans, mais
certaines personnes croient
que j'ai six ou sept ans.

Léa m'appelle sa poupée,
mais je sais que ce n'est pas

un compliment.

Elle dit que je devrais essayer

d'avoir l'air de mon âge.

Mais ce n'est pas de

ma faute ! Je ne peux tout

de même pas changer

mon apparence !

C'est maintenant pire

que jamais. Léa m'a coupé

les cheveux et maman

est folle de rage contre elle.

Léa ne me parle plus depuis.

C'est bizarre, non ?

Léa a des ennuis pour avoir

coupé mes cheveux

et c'est moi qu'elle blâme !

Cette fille doit vraiment

me détester. Je vous explique

comment c'est arrivé.

On regardait une émission

de télévision qui portait

sur les cheveux. L'animatrice

disait que notre coupe

de cheveux peut changer

notre apparence, qu'elle

peut nous faire paraître

plus vieux ou plus jeunes.

— Si on coupe tes cheveux,

les gens vont peut-être

arrêter de te dire que

tu es mignonne ! dit Léa.

— Ouais, ai-je répondu

distraitement.

Léa a éteint la télévision.

— Tu n'es pas tannée

de te faire répéter que tu es

mignonne ? a-t-elle
demandé.

— Ouais, ai-je répété.

Je portais désormais attention.

— Si on coupait tes cheveux,
tu paraîtrais peut-être
de ton âge ? a dit Léa.

J'hésitais. Ça semblait
excitant de couper
mes cheveux. J'aimais l'idée
de faire quelque chose de
différent et de paraître plus

J'aurais peut-être l'air plus vieille si j'avais les cheveux courts.

vieille. Par contre, couper

mes cheveux représentait

un changement important.

Et en plus, j'ai eu les cheveux

longs toute ma vie.

— Que va dire maman?

lui ai-je demandé.

— Maman ! s'est exclamée
Léa en roulant les yeux.

Léa a des cheveux foncés
qui lui arrivent aux épaules.
Ils frisent autour de ses oreilles.

— Pourquoi te demandes-tu
toujours ce que maman
va penser ? Ce ne sont
pas ses cheveux ! a-t-elle dit.

Elle avait un point.
Ce ne sont pas les cheveux
de maman, mais les miens.

— Allez, on le fait !

s'est écriée Léa avec

des étincelles dans les yeux.

J'étais excitée de faire ça

en complicité avec Léa.

On se serait cru dans

un de ces livres dans lequel

deux sœurs magasinent et

essaient des vêtements

ensemble. C'était agréable —

on aurait dit que Léa

m'aimait pendant un instant.

D'un autre côté,

je me sentais mal de faire

quelque chose sans

le consentement de maman.

— OK, ai-je répondu.

On le fait !

Léa a souri.

Je suis certaine

que mes yeux étaient aussi

brillants que ceux de Léa

Chapitre

❀ deux ❀

Je vais toujours me souvenir

de ce son... celui des ciseaux

dans mes cheveux.

On aurait dit un velcro

qui se décolle. Je m'attendais

à un son qui fait « clic, clic ».

Mais Léa avait enserré

tellement de cheveux

dans chaque élastique

que, lorsqu'elle a refermé

les ciseaux, le son produit

ressemblait plutôt

à un «crunch, crunch».

Léa a attaché mes cheveux

en deux couettes. Elle a dit

qu'elle allait d'abord

les couper, puis qu'elle allait

s'occuper du reste

des cheveux ensuite.

Lorsqu'elle a coupé

la première couette,

Léa a brandi la mèche

de cheveux sous mon nez.

— Dis adieu à tes cheveux,

Alex, a-t-elle lancé.

Je rigolais et j'envoyais

la main à mes cheveux

lorsque maman est entrée.

Tout a soudainement

changé.

Maman a regardé la mèche

de cheveux dans la main

de Léa.

— Léa ! a-t-elle hurlé.

Qu'est-ce que tu fais ?

— Calme-toi, maman.

Alex n'est plus un bébé,

a répondu Léa. Elle semblait

se douter que maman allait

être furieuse.

— Quoi?

J'entendais maman respirer très fort derrière moi tandis qu'elle examinait ma tête.

— À part savoir faire des choses sans ma permission, savez-vous ce qu'est un salon de coiffure?

Léa a haussé les épaules. Je ne disais rien. J'étais surprise de voir maman aussi fâchée.

Maman examinait encore
mes cheveux.

— Je vais les arranger,
a dit Léa d'une voix
incertaine.

— Regarde comme ils sont
courts ! a crié maman bien
trop près de mon oreille.
Pour l'amour, veux-tu
m'expliquer comment
tu comptes arranger ça ?

Léa s'est penchée vers moi.

Elle respirait bruyamment

dans mon oreille.

— Pourquoi cette mèche

est-elle aussi courte ?

a-t-elle ensuite dit.

J'étais inquiète.

— Lorsqu'on coupe

des cheveux attachés

en couettes, explique

calmement maman,

on obtient des mèches

de différentes longueurs.

Comme les cheveux sont

tirés de plusieurs parties

de la tête, ça donne

un dégradé de mèches longues

et de mèches courtes.

— DE MÈCHES TRÈS

COURTES ! lâche-t-elle

sur un ton plus du tout calme.

Léa a sursauté.

Je me suis levée d'un bond.

— Léa, qu'est-ce que

tu as fait ? ai-je hurlé.

J'étais à la fois effrayée

et fâchée.

— Ça va aller, a répondu

Léa, la voix tremblotante.

Je peux les arranger.

Mon cœur battait très fort.

J'ai touché mes cheveux.

Ils étaient très courts derrière

les oreilles. À certains

endroits, ils étaient si courts

qu'ils piquaient le bout

de mes doigts. Pourquoi

Léa les avait-elle coupés

de cette façon ?

J'ai soudainement compris

ce qu'avait fait Léa.

— Tu m'as piégée !

ai-je crié. Simplement parce

que tu n'acceptes pas

que je sois mignonne !

Léa a roulé les yeux.

— Tu as raison, je n'accepte

pas que tu sois mignonne,

a-t-elle répondu.

Tu as neuf ans, Alex !

— Tu l'as fait exprès !

Je me suis mise à pleurer.

La moitié de mes cheveux

s'était envolée.

En plus, ma grande sœur

m'avait fait ce coup

parce qu'elle me détestait.

— Tu veux que je sois

moche !

— Ouais, c'est ça, a hurlé

Léa. Je suis la MÉCHANTE

GRANDE SŒUR !

Elle criait plus fort que

maman et moi à présent.

Léa s'est ensuite précipitée dans sa chambre en claquant la porte.

Maman m'a regardée en secouant la tête.

— J'appelle au salon de coiffure, a-t-elle dit.

Lorsque nous revenons du salon de coiffure, Léa est toujours enfermée dans sa chambre.

Ma chambre est à côté de la sienne, mais je n'entends aucun bruit par la porte.

Je me regarde dans le miroir. J'aperçois le visage d'une étrangère aux cheveux courts. Mes cheveux sont si courts qu'on dirait qu'ils ont été rasés à certains endroits. Je suis une autre personne.

Qu'est-ce que papa va dire ?

Il m'appelle sa belle petite

fille. Je ne me sens désormais

ni belle, ni petite.

Nous verrons papa

et sa copine Viviane, cette fin

de semaine. Je me demande

si mes cheveux auront

suffisamment repoussé

dans trois jours.

Je suis encore fâchée

contre Léa. Elle a planifié

son coup depuis longtemps.

Elle est si méchante !

Je m'étends sur mon lit.

Je ne me sens pas bien. Je n'ai

presque plus de cheveux et Léa

me déteste plus que jamais.

❀

Chapitre

trois

Nous mangeons mon repas

favori pour le souper

— de la pizza.

— Souris, Alex.

Tu es superbe !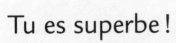

me dit sans cesse maman.

Elle a l'air fatiguée et triste.

Léa fixe son assiette.

Malgré qu'elle raffole

elle aussi de la pizza, elle

n'en mange qu'une pointe,

puis elle retourne aussitôt

dans sa chambre.

Après le repas, j'allume

la télévision. Je m'installe

dans notre fauteuil préféré,

même si c'est au tour de Léa

de le prendre. Je souhaite

secrètement que Léa entre

dans le salon et qu'elle

me dise que c'est à son tour.

L'occasion de lui crier

après serait trop belle,

et je reviendrais à la charge

pour lui demander pourquoi

elle m'a coupé les cheveux.

Mais Léa ne se montre pas,

alors j'éteins la télévision.

Je vais me coucher

et j'essaie de m'endormir.

Je veux que cette journée finisse au plus vite.

Il est trop tôt pour dormir.

Je suis étendue dans le noir et je ressens de plus en plus de colère.

Soudain, quelque chose attire mon attention.

J'aperçois de la lumière dans ma garde-robe.

Ma garde-robe est construite à même le mur.

Il est donc étrange qu'il y ait
de la lumière à l'intérieur.
D'où vient cette lumière ?
Un jouet ? Une lampe
de poche ? Il s'agit peut-être
d'une porte magique !

Il fait très noir dans
ma chambre, mais je parviens
tout de même à bien voir.
Je me dirige lentement
vers la garde-robe.
J'ouvre la porte puis j'attends.

Rien.

La lumière provient
d'une fine ouverture dégagée
sur toute la hauteur du mur
du fond de la garde-robe.
Je m'avance pour mieux voir.

La lumière est de plus
en plus forte.

Qu'est-ce que c'est ?

Je comprends soudain.
C'est logique.

La lumière ne vient pas de
ma garde-robe — elle provient
de la chambre de Léa.

Sa garde-robe et la mienne
sont aménagées dos à dos.

J'inspecte attentivement
ma garde-robe. À travers

cette curieuse ouverture,

je peux voir dans

la garde-robe de Léa,

même dans sa chambre.

Comme c'est étrange !

Le constructeur a dû faire

une erreur et ne s'est pas

donné la peine de la corriger.

Il me vient soudain une idée.

La fente n'est pas large...

Mais comme je suis petite,

je m'avance et j'y glisse

ma tête. Je tourne ensuite

mes épaules sur le côté

et j'arrive à y entrer

mon corps au complet.

Je me tiens entre les deux

garde-robes, dans la cavité

du mur. C'est inconfortable

et poussiéreux. J'ai à peine

assez d'espace pour bouger.

Mais c'est excitant.

C'est comme une minuscule

chambre secrète.

Je passe ma tête dans
la garde-robe de Léa et je me
cache derrière ses vêtements.

J'ai l'impression
d'être un agent secret.

Ce n'est peut-être pas
une porte magique, mais
ce que j'ai trouvé est encore
mieux — une porte secrète qui
mène à la chambre de Léa !

Léa est assise sur son lit et
elle feuillette un livre. Je peux

apercevoir une partie de

la tête de Léa mais je n'arrive

pas à voir ce qu'elle lit.

Elle reste immobile, tourne

les pages et lit. Il ne se passe

rien, mais je ne m'ennuie

pas. Je me sens bien. ❀

J'ai l'impression de vivre

quelque chose de vraiment

secret et d'utile.

Léa n'a pas voulu regarder

la télévision avec moi.

Elle ne veut même plus

me parler. Mais je peux

encore l'observer.

Léa fait finalement quelque

chose.

Elle met son doigt

dans son nez!

Elle l'essuie ensuite

sur son lit. Beurk!

Je reste à regarder Léa

de ma cachette secrète

pendant un long moment.

Chapitre quatre

Le lendemain matin, je marche lentement vers l'école. Léa est supposée m'accompagner à l'école avant de se rendre à la polyvalente.

Mais aujourd'hui,

elle marche devant moi

sans se retourner.

Je donne des coups de pied

sur des roches et je marche

lentement. J'ai l'intention

de dire à maman que Léa

ne m'a pas accompagnée

à l'école.

Je souhaite que Léa

soit punie pour être aussi

méchante avec moi.

Par contre, je sais

qu'elle serait encore plus

en colère contre moi

si je le disais à maman.

Lorsque j'arrive enfin

à l'école, la cloche vient

à peine de sonner.

Juste à temps.

Je me dirige au bout du rang

en espérant que personne

ne remarque mes cheveux.

Mon plan fonctionne

pendant trente secondes.

C'est le temps que ça

me prend pour entrer

dans la classe et m'asseoir

à mon pupitre.

Eva, dont le pupitre

est juste à côté du mien,

remarque le changement

immédiatement.

— Alex! Oh, qu'est-ce que

tu as fait à tes cheveux?

demande-t-elle tristement.

Tes beaux cheveux...

il n'y a plus rien...

Je ne sais pas quoi répondre.

J'aimerais seulement qu'Eva

arrête de parler de ça.

En ce moment, toute

la classe me regarde.

Tout le monde me regarde
et parle de mes cheveux.

— Tu as coupé tes cheveux,
Alex !

— Regardez Alex !

Je sens que je rougis.

Tout est de la faute de Léa.

— On dirait que tu
t'es battue avec une tondeuse
à gazon, dit Nathan.

Je n'aime pas Nathan.
Ses ongles sont toujours sales.

Après ça, rien de terrible ne survient. Madame Beaudoin me choisit pour être la surveillante à l'heure du dîner.

C'est agréable.

Pendant l'heure du dîner, les filles sont très gentilles avec moi. Elles disent qu'elles aiment ma nouvelle tête. Elles essaient de me remonter le moral. Tout le monde touche

mes cheveux et trouve

qu'ils sont doux.

À la fin de la journée, même

Samuel vient me parler.

— À demain, fille cool, dit-il

en souriant.

J'aime bien Samuel,

mais c'est un secret.

Après l'école, j'ai aussi

constaté une différence

en marchant au centre

commercial avec maman.

Lorsque j'avais les cheveux

longs, les vieilles dames me

souriaient. Certaines d'entre

elles venaient même

me parler. Mais pas une ne

s'adresse à moi aujourd'hui.

On dirait qu'elles ne me remarquent plus.

La dame au maquillage voyant qui travaille au casse-croûte avait l'habitude de me donner un morceau de poulet.

Pas aujourd'hui. Elle ne me reconnaît même pas !

Ils avaient raison à l'émission de télévision — j'ai vraiment l'air différente avec mes cheveux courts.

En fait, les gens croient que
je suis une autre personne.
Ils ne me voient désormais
plus comme une petite fille.

Je commence à aimer le fait
que les gens ne me traitent
plus comme une poupée.
Je ne suis plus la bonne
petite fille — je suis moi-même.

J'ai l'impression d'avoir
vieilli.

Chapitre cinq

Lorsque nous revenons

du centre commercial, je suis

encore en colère contre Léa.

Elle est à sa répétition

d'harmonie. Alors pendant

que maman range

les emplettes, j'en profite

pour me faufiler

dans la chambre de Léa.

Je veux savoir ce qu'elle lisait

le soir précédent.

La chambre de Léa

est toujours sens dessus

dessous. Il y a des vêtements

qui traînent partout

sur le sol, ainsi que des livres

et des revues pêle-mêle

sur son bureau.

Par contre, elle a mis

de belles images sur son

mur, même une affiche de

Zac Efron. Léa dit que c'est

le plus beau gars du monde,

mais je ne vois pas ce

qu'il a de si extraordinaire.

Il n'y a qu'un réveil

sur la table de chevet de Léa.

Je regarde sur son bureau

et dans la bibliothèque.

Je n'aperçois aucun livre qui

ressemble à celui

qu'elle lisait la veille.

Puis je regarde sous son lit.

Il est là, le fameux livre.

Léa l'a probablement glissé

là pour ne pas que maman

découvre ce qu'elle lit.

Je tire le livre vers moi.

Sur la couverture, il est

écrit : **_Fantômes et esprits —_**

Faits vécus. Il y a l'image

d'une maison coloniale avec

une grande fenêtre derrière laquelle apparaît une ombre blanchâtre transparente. Je regarde l'ombre attentivement. Selon moi, ça ne ressemble pas à un fantôme.

Je feuillette le livre. Je vois plusieurs ombres blanchâtres. Je lis le témoignage d'une personne qui entendait des fantômes marcher dans le couloir.

J'entends soudain un bruit.

Je retiens mon souffle

et je tends l'oreille.

Ce sont des voix.

Des voix de fantômes ?

Non. Léa doit être rentrée

et elle parle avec maman

dans la cuisine.

Je remets discrètement

le livre sous son lit puis

je me dirige vers la sortie

sur la pointe des pieds.

Je m'apprête à sortir la tête

lorsque je me rends compte

que Léa va me voir si j'ouvre

la porte maintenant.

Je suis coincée

dans sa chambre !

Je m'éloigne de la porte

à reculons et je passe près

de trébucher sur ses jeans.

Elle va me surprendre

à fouiller dans sa chambre.

Je me rappelle soudain

de ma cachette secrète.

Il y a également une fente

dans la garde-robe de Léa.

C'est par là que j'ai pu

l'espionner la veille.

J'entends les pas de Léa dans le couloir. Je me précipite dans sa garde-robe. Je sens quelque chose craquer sous mon pied droit, puis j'écrase une boîte avec l'autre pied. Je n'ai pas le temps de faire attention.

Je m'introduis dans mon petit espace secret dans la cavité du mur au moment où Léa ouvre la porte.

Je reste immobile

et je retiens mon souffle.

Si j'arrive à voir à travers

la fente, ça veut dire que Léa

peut aussi me voir —

si elle regarde attentivement.

Je presse mon dos contre

le mur. Je me fais aussi petite

et invisible que possible.

Je ne peux plus voir Léa.

J'entends des vêtements

qui se froissent. Elle doit être

en train d'enlever

son uniforme scolaire.

Va-t-elle regarder

dans la garde-robe

pour se choisir des vêtements

de rechange ?

J'aperçois une crinière

foncée au moment où

Léa se penche pour attraper

ses jeans sur le sol.

Une chance qu'elle est

désordonnée.

Je respire aussi calmement

que possible.

Léa retire quelque chose

de son sac. Je réalise

qu'elle n'imagine absolument

pas que je suis cachée ici

et que je la regarde.

C'est incroyable.

J'ai déjà découvert le livre

sur les fantômes.

Que pourrais-je apprendre

de plus à propos

de ma sœur?

   J'ai l'impression que le livre

sur les fantômes

est important, mais je ne

peux pas dire pourquoi.

   Je dois continuer à observer

Léa.

Chapitre six

Au souper, je raconte

à maman qu'on m'a choisie

pour être surveillante

à l'heure du dîner. Je suis

heureuse, et maman semble

aussi contente pour moi.

Léa fixe son riz frit

sans sourire.

— Comment s'est passée

ta répétition d'harmonie ?

lui dis-je.

Elle me regarde. Pendant

un moment, je crois

qu'elle ne répondra pas

à ma question. Elle redirige

son regard vers son assiette.

— Bien, répond-elle.

Maman soupire.

Elle a de nouveau l'air triste.

Je suis fâchée contre Léa,

car elle fait de la peine à tout

le monde.

— Peux-tu me donner la

sauce, s'il te plaît? lui dis-je.

Je ne veux même pas

de sauce. Mais, comme

la bouteille est devant Léa,

je veux voir comment elle va

réagir.

Léa continue de manger.

Elle est impolie, hein?

Je ne sais pas ce qui est pire:
que Léa m'ignore ou qu'elle
m'ait coupé les cheveux?

Maman secoue la tête.
Elle tend le bras pour
me donner la sauce.

— Léa a été choisie
pour le concert de fin
d'année, dit maman.
Elle a beaucoup de talent.

En temps normal,

Léa serait excitée.

Elle adore jouer de la flûte.

Elle continue pourtant à

regarder son riz et à manger.

Maman soupire.

Normalement, je serais

heureuse pour Léa.

Mais tout a changé.

Je ne suis plus mignonne, et

je ne veux pas être gentille.

Alors, je hausse les épaules et je fixe mon assiette, comme Léa.

Je ne peux pas voir maman car je regarde mon riz. Mais je sais qu'elle ne sourit pas.

Après le souper, Léa se rend directement dans sa chambre. Je suis sur le point de faire de même lorsque le téléphone sonne.

C'est papa. Il parle

avec entrain de notre visite

de la fin de semaine

qui vient. Il a prévu

nous emmener au restaurant

et au parc.

Papa me demande

comment je vais.

Que va penser papa
de mes cheveux ?

— Bien, dis-je,
on m'a choisie pour être
la surveillante à l'heure
du dîner.

Je ne suis pas capable de
lui avouer pour mes cheveux.

Au téléphone, papa pense
que je suis encore sa belle
petite fille. C'est bien ainsi.

— J'ai une surprise pour toi,
lui dis-je.

— Une surprise, hein?

répond papa. J'ai hâte

de voir ça.

Je peux rester la belle petite

fille de papa pour quelques

jours encore. Ensuite,

il pourra voir la surprise.

Pendant que Léa parle

avec papa, je m'en vais dans

ma chambre. Même s'il fait

noir à présent, je n'allume

pas la lumière. Comme

Ah...
des fantômes.

une espionne, je me faufile

dans ma cachette secrète.

Je suis prête.

Lorsque Léa retourne dans

sa chambre, elle s'étend

sur son lit et prend le livre de

fantômes. Elle adore ce livre.

Je regarde les jambes de

Léa sur le lit et je me demande

ce qui l'intéresse tant

dans ce livre. Pense-t-elle

que ces taches blanchâtres

sur les images sont

réellement des fantômes?

Est-ce que Léa croit

aux fantômes?

Tandis que j'épie Léa

de ma cachette secrète,

une idée me traverse l'esprit.

Je souris. J'ai trouvé

comment savoir si elle croit

aux fantômes. J'attends
pendant un moment et
j'observe Léa. Puis, je le fais.

Scratch, scratch, scratch.

Je me sens un peu bête
de gratter le mur ainsi,
mais ça fait partie
de mon nouveau plan.
Je veux faire croire à Léa
qu'il y a un fantôme
à l'intérieur du mur. Je veux
voir comment elle va réagir.

Scratch, scratch, scratch.

J'attends. Mais Léa continue
de lire. C'est ennuyant.

J'essaie une autre fois.

Scratch, scratch, scratch.

Léa lève soudainement
la tête. Elle s'assoit sur le lit
et regarde en direction
de la garde-robe.

Je retiens mon souffle
et je le fais une dernière fois.

Scratch, scratch, scratch.

Léa hausse les épaules.

Elle se retourne et poursuit

sa lecture.

Léa ne croit peut-être pas

aux fantômes après tout.

Chapitre
sept

Le lendemain matin, au déjeuner.

— Je crois qu'il y a une souris dans le mur de ma chambre, dit Léa.

Je souris.

— Quoi ! répond maman.

Maman est une maniaque de la propreté et elle n'aime vraiment pas les souris.

— Y aurait-il de la nourriture cachée dans ce fouillis ? demande-t-elle à Léa.

— Je ne pense pas, répond Léa en regardant ses céréales.

— Bon, je crois qu'un grand ménage s'impose, dit maman en se frottant les mains.

Elle se réjouit à l'idée de nettoyer la chambre de Léa.

— Je vais le faire ce soir, s'empresse de répondre Léa. OK? N'entre pas dans ma chambre.

Maman a l'air déçue.

— OK, répond-elle désappointée.

Après l'école, Léa commence à nettoyer sa chambre. Je n'ai pas besoin de me cacher

dans mon endroit secret

pour le savoir. Je l'entends

lancer ses choses

dans la garde-robe.

Une chambre propre,

une garde-robe en désordre

— ça ressemble à Léa.

Pendant que Léa nettoie

sa chambre, j'ouvre ma boîte

de barrettes et d'élastiques

à cheveux. Je dépose

tous mes élastiques

dans un sac que je range

par la suite dans un tiroir.

Je n'en aurai pas besoin

pendant un bon moment.

Mes cheveux sont presque

trop courts pour que

je puisse porter mes barrettes.

Je pourrais peut-être

en porter demain pour voir

papa. Mais ce serait bizarre.

Elles sont faites

pour les petites filles

aux cheveux longs.

Après réflexion, je dépose

aussi mes barrettes

dans le sac.

Je regarde ensuite

ma chambre. Elle est

totalement différente

de celle de Léa. Il y a

une montagne de toutous

et de poupées dans un coin.

Dans un autre coin se trouve

une vieille cuisinière en bois
avec laquelle je jouais
quand j'étais plus jeune.
Au mur est aussi accrochée
une toise de *Dora l'exploratrice*
qui me confirme
que j'ai beaucoup grandi.

Ça ressemble à une chambre
de bébé.

Je décroche la toise de *Dora*
l'exploratrice puis je regarde
l'espace vide sur le mur.

Qu'est-ce que je pourrais

mettre à la place? Je n'aime

pas Zac Efron.

Quelle vedette m'intéresse?

Après un moment, je tends

l'oreille. Je n'entends plus

Léa lancer ses choses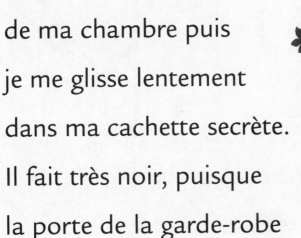
dans la garde-robe.

Il n'y a plus de bruit.

 J'éteins la lumière

de ma chambre puis

je me glisse lentement

dans ma cachette secrète.

Il fait très noir, puisque

la porte de la garde-robe

de Léa est fermée.

 Lorsque mes yeux

s'habituent à la noirceur,

je peux apercevoir

les vêtements et les objets

que Léa a entassés

dans la garde-robe. Un sac

et une pile de vêtements

bloquent l'ouverture

qui mène à sa chambre.

 Je souris dans le noir.

Léa a nettoyé sa chambre

parce que j'ai gratté le mur.

Je suis fière de moi

— elle ne peut pas m'ignorer

complètement.

 Que pourrais-je faire

maintenant ?

Chapitre
huit

Depuis ma cachette,

je repense aux fantômes.

Si les souris grattent,

quel bruit font les fantômes?

Ils cognent sur le mur

la nuit.

Je n'arrive pas à voir

dans la chambre de Léa,

mais ce n'est pas important.

Si la porte de sa garde-robe

est fermée, ça signifie

que je suis bien cachée.

J'entre dans sa garde-robe.

Je donne des coups

sur la porte.

— Boum, boum, boum,

boum.

Ah ! Les souris ne cognent

pas. Léa n'est peut-être pas

dans sa chambre.

Je recommence.

— Boum, boum, boum,

boum.

Toujours rien.

Soudain, Léa ouvre la porte.
Une chaussure et un lutrin
lui tombent sur le pied.

Je plisse les yeux à cause
de la lumière et je recule
dans l'obscurité. Est-ce que
Léa m'a vue ? Je presse
mon dos contre le mur.

C'est le silence.

J'aperçois Léa lever le bras.
Elle se gratte la tête.

Puis, elle se penche

pour ramasser la chaussure

et le lutrin. Elle les balance

dans la garde-robe

avant de retourner s'étendre

sur son lit.

C'était risqué, mais

j'ai trouvé la cachette idéale.

Léa ne m'a pas vue.

Elle ne remarquera jamais

l'ouverture si la lumière

de ma chambre est éteinte.

Je m'avance et je jette

un coup d'œil dans

la chambre de Léa. Je peux

voir ses jambes sur le lit.

Elle est couchée à plat ventre

et est placée dos à moi.

Je ne parviens pas

à atteindre la porte

de la garde-robe de Léa

puisqu'elle l'a laissée ouverte.

Je tends donc le bras vers

le lutrin. Il gît sur le sol, replié.

C'est parfait. Je ne veux pas
que le bruit provienne
de ma cachette secrète.

Je n'arrive pas à le soulever,
alors je le pousse avec
mon pied. En glissant, le lutrin
émet un son métallique.

— Cling, cling, clang.

Léa sursaute. Je ne la vois
pas, mais je l'entends respirer.

Elle reste immobile
devant la garde-robe

pendant un moment. Puis

elle commence à la vider de

tous ses objets. Tout ce qu'elle

y a dissimulé en faisant

le ménage de sa chambre

en ressort. Et même plus.

Elle fait beaucoup de bruit.

Pendant que Léa s'affaire à

saisir et à lancer ses choses,

je retourne tranquillement

dans ma chambre

par l'ouverture secrète.

C'était facile.

Ma chambre est ordonnée
et paisible.

J'allume ma lampe
de lecture. Je fais semblant
de lire pendant que j'écoute
Léa vider sa garde-robe.

Elle fait beaucoup de bruit.
Maman l'entend aussi.

— Léa ! dit maman.

Elle n'a pas l'air contente.

— Qu'est-ce que tu fais ?

Je n'entends pas la réponse
de Léa.

— Tu as intérêt
à tout nettoyer ce désordre.

— Maman, dit Léa à voix
basse, il y a quelque chose...

— Quoi? Une souris?
demande maman, fâchée.
Nettoie ta chambre!
Je vais installer un piège
à souris demain.

Léa ne dit rien. Elle doit

se douter que les grattements

et les coups ne sont pas

l'œuvre d'une souris.

Je ne peux m'arrêter de rire.

C'est une vraie partie

de plaisir. Et en plus,

Léa le mérite.

— C'est pour avoir coupé

mes cheveux, Léa.

Chapitre

neuf

Le lendemain, c'est samedi

— le début de notre fin

de semaine avec papa.

Lorsque je me lève,

je me sens soudainement

nerveuse. Que va dire papa

quand il va voir mes cheveux?

Que va dire Viviane?

Je me mords la lèvre

en fixant la garde-robe

et en tentant de décider

ce que je vais porter.

Je décide de ne pas m'en

faire. J'enfile mes jeans noirs

préférés et un t-shirt mauve

sur lequel est inscrit:

«*Hey, Girl!*» L'important,

c'est que je sois à l'aise.

Lorsque papa et Viviane

arrivent, Léa se place

devant moi. Papa la serre

dans ses bras en premier.

— Hé, Alex! s'exclame

Viviane en caressant

mes cheveux. Regarde-moi ça!

Papa m'aperçoit.

— Alex ! dit papa

en me serrant dans ses bras.

Ma belle petite fille.

Il regarde maman

en fronçant les sourcils.

— Surprise ! dis-je

timidement. Mon visage brûle.

— Pourquoi lui as-tu donné

la permission de faire ça ?

demande papa à maman,

visiblement contrarié.

Maman hausse les épaules.

— Demande aux filles,

dit-elle, un sourire en coin.

Papa me regarde.

J'avale ma salive.

Papa regarde autour de lui.

Il semble se demander à qui

il doit faire des remontrances.

— On y va ? J'ai faim !

lance Viviane avant qu'il puisse

dire quoi que ce soit.

Merci Viviane !

Pendant le trajet en voiture,

Viviane explique

qu'elle s'était rasé la tête

lorsqu'elle avait dix-huit ans.

J'essaie d'imaginer à quoi

elle pouvait ressembler,

mais c'est difficile.

Aujourd'hui, elle a de beaux

cheveux bruns qui flottent

sur ses épaules.

Je peux voir papa plisser

le front pendant

que Viviane parle.

Il déteste mes cheveux.

Mais je suis moins triste

que je l'aurais cru.

Je suis plutôt fâchée.

Pourquoi devrais-je faire

plaisir à papa ? Je n'ai fait

de mal à personne.

   Léa regarde par la vitre.

Papa aussi.

Je sais de qui elle retient.

Au restaurant,

Viviane continue de parler.

Papa plisse le front.

Je viens de choisir

ce que je vais manger

lorsque papa se décide

à ouvrir la bouche.

— Alex, est-ce que

c'est ta mère qui t'a permis

de te faire couper les cheveux

comme ça ? demande-t-il.

Il parle comme si maman
me laissait faire tout
ce que je veux.

Je regarde Léa du coin
de l'œil puis je prends
une bouchée de pain. Elle est
blanche comme un drap.

— Non, lui dis-je,
la bouche pleine.

J'avale ma bouchée.

— La coiffeuse m'a dit
que ça m'irait bien.

C'est en partie vrai.

— La coiffeuse !

Papa regarde autour de lui, comme s'il voulait partir sur-le-champ et aller sermonner la coiffeuse.

Léa me regarde, la bouche entrouverte. Elle est pâle.

— Mais... tu n'as que neuf ans ! dit papa, assez fort pour que les gens des tables voisines l'entendent.

Je ne suis plus une petite fille !

— Et puis ? Je ne suis plus une petite fille, papa, dis-je.

J'ai déjà entendu ces mots avant, mais je ne sais pas où.

Léa me regarde attentivement, avec un sourire en coin.

Papa rougit. Il ne sait plus quoi dire. Mes cheveux sont déjà coupés. Que peut-il y changer?

Il prend une gorgée de thé.

Viviane sauve la situation.

— Vas-y, Alex! dit-elle. Fais respecter tes droits, ma belle!

J'aime bien Viviane.

Chapitre dix

Le dimanche soir, lorsque
nous rentrons à la maison,
je retourne me cacher
dans mon endroit secret.

Léa est assise à son bureau
et elle fait ses devoirs.

Je ne la vois pas, mais je

l'entends tourner les pages.

Je me sens très bien.

Je me moque de ce que

les gens pensent

de mes cheveux. Et en plus,

je n'ai plus peur de Léa.

Je me sens comme

une personne différente depuis

que j'ai les cheveux courts.

Je ramasse une vieille

espadrille dans la garde-robe

de Léa, puis je la lance

dans sa chambre. Je ne

parviens pas à l'envoyer

très loin, car je peux seulement

bouger mon poignet.

Par contre, j'entends

parfaitement la chaussure

tomber sur le sol.

J'entends soudainement

Léa sursauter.

Je me glisse dans la cavité

du mur. Plus un son.

J'entends Léa se lever.
Elle s'avance au bout de
son lit, face à la garde-robe,
en respirant bruyamment.

Je réfléchis. Ça y est. Le plaisir
ne fait que commencer.

Je place mon pied
pour reprendre mon équilibre
puis je donne un coup
de hanche contre le mur
de la garde-robe de Léa.

Léa retient son souffle.

Puis elle retourne vers son lit

en marchant à reculons.

Je l'ai encore bien eue.

Je décide ensuite de grogner.

– Grrr !

J'aperçois le lit bouger

au moment où Léa

en descend. Je ne la vois plus.

J'entends la porte

de sa chambre s'ouvrir.

Où est-elle allée?

La lumière de ma chambre

s'allume soudainement.

Léa regarde dans

ma chambre. Elle est futée.

Je recule dans la cavité

du mur et je me fais aussi

petite que possible.

Mon épaule dépasse

de l'ouverture et la porte

de ma garde-robe est grande

ouverte. Elle va certainement

me voir.

Je ne vois toujours pas Léa,

mais je l'entends respirer.

Elle regarde à l'intérieur

de ma garde-robe.

Je reste immobile.

Ça y est.

Léa est sur le point

de me surprendre.

J'attends de voir

ce que va me dire Léa.

Mais elle ne dit rien.

Elle fait demi-tour et éteint

la lumière de ma chambre.

Elle est partie. J'entends

la porte du couloir s'ouvrir,

puis se refermer.

J'expire et je me colle

contre le mur. Je n'arrive pas

à le croire. Léa n'a pas vu

mon épaule dépasser

de l'ouverture.

Je sors de ma cachette

secrète puis je vais

dans la salle de bain

pendant quelques minutes.

Je rejoins ensuite Léa.

Elle est assise dans le salon.

Elle ne bouge pas. Son visage

est blanc et ses yeux

sont grands ouverts.

Elle m'aperçoit soudain.

— Où étais-tu passée ?

demande Léa.

Elle a l'air heureuse

de me voir.

— J'étais dans la salle

de bain, lui dis-je.

Je ne sais pas si elle me croit.

J'allume la télévision

puis je m'assois

dans la meilleure chaise.

Léa hoche la tête
et essaie de sourire.

— Tu n'es pas supposée
être en train de faire
tes devoirs? lui dis-je.

J'essaie de paraître normale,
mais j'ai perdu l'habitude
de parler à Léa.

Léa hoche la tête
de nouveau.

— Je crois que je vais
les faire ici, dit-elle.

Cependant, elle ne se lève

pas pour aller chercher

ses devoirs. Elle reste assise.

Je fais semblant de regarder

la télévision. Je réfléchis.

Léa a vraiment l'air effrayée.

Elle a même oublié

de ne pas me parler.

   Assise dans mon fauteuil,

je me sens un peu mal.

Je ne voulais pas effrayer Léa

à ce point. Je voulais seulement

me venger. Je suis certaine

qu'elle en aurait fait autant.

Je voulais qu'elle cesse

de m'ignorer. C'est tout.

   Je suis allée trop loin.

Chapitre
*onze

Le lendemain matin,
Léa est blanche comme
un drap et elle a des cernes
sous les yeux. Elle n'a pas
l'air d'avoir bien dormi.

— Alex, as-tu entendu
du bruit dans ta garde-robe
hier soir ? me dit Léa tandis
que nous nous préparons
à partir pour l'école.

— Comme quoi ? dis-je
sans savoir quoi d'autre lui
répondre.

— Comme des coups,
me répond Léa en me jetant
un regard furtif.

Je hausse les épaules.

Je me sens mal. Devrais-je

avouer à Léa que c'était moi ?

Je ne veux pas qu'elle cesse

de me parler de nouveau.

— Non, dis-je

en culpabilisant.

Léa regarde ses pieds

en fronçant les sourcils.

— Ce n'était probablement

rien d'important, lui dis-je

avec optimisme.

C'est décidé. Je ne cognerai

plus dans la garde-robe.

La fête est terminée.

Léa ne sera plus effrayée.

Puis, si elle n'apprend jamais

que c'était moi qui cognais

sur le mur, elle va continuer

à me parler.

Parfait !

Pourtant, le matin suivant,

Léa est encore plus mal

en point. Léa est toujours

effrayée même si j'ai cessé

de cogner sur le mur.

   Le surlendemain,

Léa a l'air encore plus malade.

   Maman l'observe

en fronçant les sourcils.

Mais Léa est trop fatiguée

pour remarquer

que nous la regardons.

Elle étend du beurre

sur une rôtie et essaie

de la couper en tenant

son couteau à l'envers.

Léa fixe son couteau

en se demandant pourquoi

il ne coupe pas.

— Léa, est-ce que ça va ?

demande maman.

Léa hoche la tête en prenant

sa rôtie entière dans sa main.

— Tu devrais peut-être

rester à la maison aujourd'hui

pour te reposer,

ajoute maman.

— Me reposer? Non!

répond Léa en s'agitant.

Je vais bien, maman.

Elle prend une bouchée

de sa rôtie puis la repose

dans son assiette.

En route vers l'école,

j'ai l'impression que les rôles

sont inversés. C'est moi

qui dois surveiller Léa.

Je l'aide à contourner

des excréments de chiens

sur le trottoir.

Elle aurait certainement mis

le pied dedans.

C'est également moi qui dois

regarder de chaque côté de

la rue avant qu'on traverse.

Lorsqu'on arrive enfin
à mon école, j'observe Léa
s'éloigner lentement vers
la polyvalente. Quand Léa
va-t-elle cesser d'avoir peur ?

Ça fait des jours que j'ai
arrêté de frapper sur le mur.
Pourquoi a-t-elle encore peur ?

Ce soir-là, en me couchant,
je m'inquiète pour Léa.
Il est tard. Léa vient
tout juste de se coucher.

J'aimerais pouvoir lui venir en aide sans qu'elle se fâche contre moi.

Après un moment, je sors du lit puis je me glisse dans ma cachette secrète. Je veux m'assurer que Léa va bien.

C'est sombre et silencieux. J'écoute attentivement. Est-ce que Léa dort?

Soudain, dans le silence, j'entends Léa sangloter

C'est
terrible !

dans son lit. Elle ne dort pas,

elle pleure !

Je dois dire la vérité à Léa.

Je dois tout lui avouer,

quitte à ce qu'elle cesse

de me parler. Ce sera mieux

ainsi.

Je sors de ma cachette secrète puis je me dirige vers la porte de la chambre de Léa. Je ne frappe pas. Je ne veux pas l'effrayer davantage.

— Léa, est-ce que tu dors?

Je l'entends renifler et s'asseoir dans son lit. Elle n'allume pas la lumière.

— Est-ce que ça va? dis-je en entrant dans sa chambre.

Soudain, Léa se met

à pleurer pour vrai.

— J'ai tellement peur,

dit-elle entre deux sanglots.

Je la rejoins et je la serre

dans mes bras.

Mais Léa pleure encore plus

fort. Ses sanglots font

trembloter tout son corps.

— Ça va aller, Léa, dis-je.

N'aie pas peur.

Je repousse ses cheveux
derrière ses oreilles.

— Tu n'as rien à craindre,
dis-je. Léa continue
de sangloter comme
si elle ne m'avait pas
entendue. Je dois la calmer.

— Viens dans ma chambre,
dis-je. Tu peux dormir
dans mon lit avec moi.

Ça a fonctionné.

— OK répond Léa

entre deux sanglots.

Mais ne le dis pas à maman.

— OK, entendu.

J'attrape l'oreiller de Léa

et je prends sa main. Je

la conduis dans ma chambre.

Hum... Dès que j'aurai dit

à Léa ce que j'ai fait,

elle va cesser de me parler

pendant un bon moment.

Chapitre douze

Je dépose l'oreiller de Léa
au pied de mon lit puis
nous nous glissons sous
les couvertures, ma tête
à une extrémité et la sienne
à l'autre. Je suis tellement

petite qu'il reste encore

beaucoup de place.

Léa a cessé de pleurer.

Elle colle ses jambes contre

les miennes. Elle semble

heureuse de pouvoir

se blottir contre quelqu'un.

C'est agréable.

— Léa, lui dis-je doucement.

Ça va être difficile.

Je n'ai pas le temps de dire

quoi que ce soit.

— Je m'excuse d'avoir
coupé tes cheveux, dit Léa
dans le noir.

Sa voix est claire et calme.

— Ça va, dis-je doucement,
même si je ne comprends
pas. Pourquoi l'as-tu fait,
alors?

— Ce n'est pas ce que
je voulais, répond Léa.
C'était un accident. Je n'ai

pas réfléchi avant de couper
tes cheveux attachés.

Je suis stupéfaite.

— Tu veux dire que c'était
vraiment un accident?

— Oui. Je suis désolée.

Je réfléchis. Léa a toujours
été plus grande que moi,
meilleure que moi,
plus intelligente que moi.
Je n'ai jamais pensé qu'elle
pouvait faire des erreurs.

— Tu veux dire que tu n'as

pas voulu couper

mes cheveux comme ça?

— Non, répond Léa

en souriant. Mais c'est

quand même joli, non?

— Dans ce cas, pourquoi

as-tu cessé de me parler?

dis-je. Si c'était une erreur,

pourquoi m'as-tu accusée?

— T'accuser? C'est toi qui

m'as accusée! s'exclame Léa.

Le savais-tu, toi, ce qui arrive lorsqu'on coupe des cheveux attachés ?

Je ne réponds pas.

Je n'en avais aucune idée.

— Tu ne le savais pas, non ? dit Léa. Nous ne pouvions pas savoir à quel point certaines mèches allaient être courtes.

Léa décolle ses jambes des miennes.

— Mais c'est contre moi
que maman était furieuse.
Juste parce que je suis la plus
vieille, je n'ai pas le droit
à l'erreur.

Je ne dis rien.

— Puis, tu t'es mise à pleurer
et à crier, poursuit Léa.
Tu as encore agi en bébé
et maman a eu pitié de toi.
Je déteste ça.

La chicane qui a éclaté

est-elle un peu de ma faute?

Ai-je blâmé Léa pendant

tout ce temps, alors que

ce qui est arrivé est aussi

de ma faute?

Nous gardons le silence.

Je repense au jour où

Léa a coupé mes cheveux.

Ça semble faire une éternité

— lorsque j'étais encore

une petite fille.

Léa rapproche de nouveau

ses jambes des miennes.

Elle ne semble plus fâchée

contre moi.

— Pourquoi n'as-tu rien dit

à papa? demande

doucement Léa.

Je soupire.

— Je ne sais pas, dis-je. Papa
n'avait rien à voir là-dedans.
Ça se passait entre toi et moi.

— Il était si fâché !
dit Léa en ricanant.

Je ris aussi.

Ça semble maintenant
si absurde.

— Ouais. Merci Viviane,
dis-je.

Ça y est. Nous rions
maintenant de bon cœur.

— MERCI Viviane !

répète Léa d'une voix

comique en essayant

de ne pas rire trop fort.

   Par la suite, nous rions

et parlons en tâchant

de ne pas faire trop de bruit

jusqu'à ce que nous

nous endormions.

   Nous avons passé

une très bonne nuit.

Chapitre
treize

Les nuits suivantes,
Léa vient me rejoindre
dans mon lit. Elle ne semble
plus avoir peur et a
recommencé à bien dormir.

Elle a aussi recommencé
à me parler.

Léa m'a même aidée
à décorer ma chambre.
Elle m'a offert une affiche
de Zac Efron, mais je l'ai
refusée. Je n'aime pas
particulièrement Zac Efron.

Je décide finalement
d'apposer une affiche
de Hannah Montana.

Je vais peut-être laisser

pousser mes cheveux

comme les siens.

   Léa me donne un coup

de main pour ranger

mes toutous et mes poupées.

Elle s'apprête à les lancer

dans ma garde-robe lorsque

je lui dis qu'une garde-robe

en désordre porte

malchance.

Elle me regarde bizarrement.

Je n'ai jamais montré
ma cachette secrète à Léa
et je ne lui ai jamais avoué
ce que j'ai fait. Ça n'a plus
d'importance. Et puis,
Léa ne m'a jamais dit
qu'elle croyait aux fantômes.
Nous discutons de plein
d'autres choses.

Léa vient parfois me
rejoindre dans ma chambre,

le soir. Elle ne semble plus
effrayée. Je crois qu'elle dort
dans mon lit pour que
nous puissions nous parler.

Elle me parle de Thomas,
un garçon qui joue de
la clarinette dans l'harmonie.
Moi, je lui parle de Samuel,
même s'il n'y a rien à dire
à son sujet.

Léa ne me déteste plus.

Je ne sais pas depuis quand au juste. C'est peut-être moi qui ai changé. Pas seulement mes cheveux. Je ne suis plus une petite fille.

Je suis simplement moi.

Fin

La nouvelle série
qui encourage les filles
à se dépasser !

La vraie vie,

de vraies filles,

de vraies amies.